푸른사상
시선

70

슬픈 레미콘

조 원 시집

푸른사상
PRUNSASANG

푸른사상 시선 70

슬픈 레미콘

인쇄 · 2016년 11월 5일 | 발행 · 2016년 11월 10일

지은이 · 조원
펴낸이 · 한봉숙
펴낸곳 · 푸른사상
주간 · 맹문재 | 편집 · 지순이 | 교정 · 김수란

등록 · 1999년 7월 8일 제2-2876호
주소 · 경기도 파주시 회동길 337-16(서패동 470-6) 푸른사상사
대표전화 · 031) 955-9111(2) | 팩시밀리 · 031) 955-9114
이메일 · prun21chanmail.net / prunsasangnaver.com
홈페이지 · http://www.prun21c.com

ⓒ 조원, 2016

ISBN 979-11-308-1055-3 04810
ISBN 978-89-5640-765-4 04810 (세트)

값 8,800원

푸른사상 시선 70

슬픈 레미콘

조 원 시집

다리 위에 쪼그리고 앉아
눈부신 강물 바라보다가
거꾸로 처박힌 적이 있다
피투성이 된 나를 건져준 건
검은 옷의 사제였을까,
아픈 엄마였을까, 시였을까

시의 강둑에 처박혀 피를 흘린다
허우적대며 몸을 일으켜본다
얼굴 위로 붉은 눈물이 쏟아진다
당신이 보인다 보이지 않는다

나는 무사히 강둑을 빠져나올 수 있을까
익사당한 시를 세상에 내민다
부력의 힘으로 굳게 닫힌 수문을 두드린다

2016년
조 원

| 차례 |

제2부

제3부

제4부

제1부

기타가 버려진 골목

진눈깨비 내리는 골목

깡마른 철문 아래 그녀, 덩그러니 앉았다

울림구멍 휘돌아

환하게 퍼지던 목소리

어디에서 끊어졌나, 생의 테두리가 뭉개진 듯

귓가는 물먹은 판자처럼 먹먹하고

어느새 얼굴에도 나뭇결이 깊다

기억 속 줄감개를 조여 허공을 탄주하던 바람과

헌 옷가지에 비닐을 덧댄 창문으로

종종거리며 달려오는 진눈깨비, 저 허깨비들

공명으로 잡지 못한 시간을 새하얗게 덮고 있다

텅 빈 젖무덤 자리

적빈의 쥐꼬리만 드나들고

씨앗약국

천국이 빠진 김밥천국을 지나
환자들 오가는 씨앗약국 앞
노인은 껍데기 수북한 수레를 내려놓는다

약사가 푸른 양복의 신사에게
합병증의 가능성을 낭독하는 동안
맥박이 사라진 박스를 수거한다
쪼그라진 빈 지갑 같은 얼굴로
이상 징후를 보이는 가슴 밑을
지그시 눌러보는 노인

합병증인 게야
언제부턴가 허파는 오르막을 거부했지
울컥거리는 내장은 거기에 합세했을 테고
저 혼자 뛰는 장기는 없으니
불행이 전염된 게야

혓바닥을 툭툭 차며

노인은 갓길로 접어든다
텁텁한 바람이 부피를 재고 가는 한낮
땀 젖은 얼굴과
찢긴 러닝이 쇼윈도에 얼비칠 때마다
프라이팬, 찌그러진 냄비가 달랑달랑
워낭 소리를 낸다

가벼운 것의 부피가 때로
거대한 무게로 불어나
투덜투덜 이어 붙인 고무줄마저 끊고
하늘로 휘청 달아났다

자신의 무덤까지 한 채 실어 올리는 노인
벌써 열두 번째 돌고 도는
씨앗약국 앞

포도 가족사

다닥다닥 접붙은 집들

우리는 연두색 설익은 단칸방에 살아요

주인집 자주색 둥근 벽돌이

커다란 엉덩이를 들이대는 창문

얘야, 땡볕을 가려줄 커튼이라 생각하렴

아버지 사고방식은 진취적이지 못해요

우리는 다리를 포개며 잠드는걸요

햇살 같은 달세로 3층까지 부푼

저 자주색 벽돌처럼 우리도 몸집을 키워봐요

젖꼭지가 도톰하게 여물어

밤마다 몸부림치는 동생들 무릎이

놋쇠에 부딪친 듯 아파요

어제는 창가에 앉은 새를 찾다가

넝쿨만 잔뜩 그렸지요

우리도 드넓은 곳으로 노출되고 싶어요

쓰읍 쓉 바람의 질감 느끼고 싶어요

16

이대로 신맛만 품고 사라지면 어쩌죠?

우체부도 헤매는 뒷골목에

제발 접붙어 살라 하지 마세요

타히나 스펙타빌리스*

푸른 잎으로 허공을 툭툭 치면

설탕처럼 쏟아지는 빛 한 줌 없는 마다가스카르 섬

나의 몸은 구십구 년 동안 꽃 한 송이 피우지 못한 채

밋밋한 맛으로 백 년이란 통 속을 채워가며

헛헛한 마음으로 백 년이란 통 속을 비워가요

이곳에 숨 가쁘게 달리는 풍경이란 없으니

열매는 젊을 때 맺히는 게 아니지 하면서

나는 습관처럼 종말을 원해요

바람의, 물결의, 하루의, 고독의, 절정의, 그리고 마침표

아흔아홉 번째 생일이 지날 때쯤

어깻죽지 매달린 붉은 원숭이와 도마뱀의 땀내를 닦아내고

백 년 동안 피우지 못한 열매를 모조리 터트릴 거예요

꽃은 젊을 때 피는 게 아니지 하면서

분신의 곁가지에도 흰 꽃들 축복으로 쏟아

가장 화려하게 자멸하는 식탁을 차리겠어요

호상이랍시고 문상 든 배고픈 곤충들에게

죽어가는 자의 몸을 찰박찰박 떠먹이며

나에 대한 맹맹하고 씁쓸한 시간들 모두 잊게 해주겠어요

저승 문턱까지 꿀물이 흘러넘쳐 윙윙 날갯짓 들러붙은 곳

내 몸을 관으로 백 년의 기억 눕히고 싶어요

* 타히나 스펙타빌리스(Tahina spectabilis) : 백 년에 한 번 꽃을 피우며
  곤충과 새들에게 꿀과 열매를 주고 자멸하는 나무.

콩벌레 지나가신다

저기 콩벌레 지나가신다 더듬이로 더듬더듬 콩콩 때리며 가신다

어디 가시느냐 여쭈지 마라 대답하기 귀찮으시다 일일이 대꾸하며 가는 길

환하게 뚫린 길은 길이 아니라신다 민들레야 물 좋은 잎사귀로 저 빛살 막아드려라

부지런한 영천댁처럼 등짝 넓은 그늘이어야 걷는 맛 나신단다

돌멩이는 그대로 앉아 있어라 에둘러 가든지 납작 엎드려 기어가려니

몸 밟고 가시는 거 아직 못 봤다 엉덩이 바짝 힘줘 네 무게 줄여봤자 마음만 불편할 거

시장기 없으시게 거름이나 한 그릇 내어놓아라 남긴 것은 풀숲에 두고 갈 테니

작년 태풍 때 고추밭 장대 맞고 죽은 귀신 걸어오면

귀찮다 말고 먹여 보내라 죽은 이도 산 이도 먼 길 가는데

배고프면 안 된다신다

　저런, 호랑나비 놈 장난기 발동했구나 날아가는 것들 눈엔
우스꽝스런 장면
　툭 건드리니 콩알콩알 몸 웅크리는 건 두려움이 아니라신다
　어디 가시느냐 여쭈지 마라
　더듬더듬 콩콩 때리며 콩벌레님 어디로든 가신다

해바라기와 로또

온종일 바라보다 주근깨만 박혔다
내리쬐는 그 빛이 은총인 양 안면을 모두 태웠다

번화한 당신의 손가락이
내 검은 귓바퀴를 노랗게 탈색시킬 때
세상의 모든 십자가와 담벼락이 나를 위해 세워진 줄 알
았다

당신에게 가는 기차는 언제쯤 출발하나
담벼락은 눈금을 채운 시계들로 재깍재깍 넘쳐나고
해의 내장을 통과한 숫자들이 불화살을 쏠 때마다
나는 정교한 과녁을 펼치기 위해 사수의 위치를 파악했다
붉은 손, 날아와 꽂히라고 검은자위 더 크게 열어주었다

불발의 꽃, 불발의 노래, 불발의 사랑
눈물 흘리는 과녁은 과녁이 아니다
당신은 오후의 가장 성스러운 자리에 누워 활을 겨누고
나는 미세한 촉으로 생의 절정을 기다린 사람

잘 벼린 궁도의 손끝에 박피를 하고 싶은 사람

당신이 쏘았던 말벌의 시체가 발목마다 쌓여

변방의 늪을 헤어나지 못할 때

온통 흑심뿐인 얼굴은 해만 바라보다

그만 해골이 되고 말았다

꽃의 입관식

눕지 못하고 서서 죽은 꽃

편히 안치할 수 있도록 바람을 부르십시오

시중에 떠도는 잡배 바람은 밀치기부터 하지만

넘어질 때마다 일으켜주는 바람도 있습니다

쓰러지지 않고 흔들린 이유가 거기 있지요

죽어서도 온전히 눕지 못한 목숨,

줄기부터 받침까지 바스러지지 않게 다뤄주십시오

백 년 된 오동나무 관에 입관하기 전

버들잎을 씻어 양손으로 꾸욱 짠 뒤

씨방이 헐거워 밑씨 빠진 암술부터

버짐 핀 꽃밥까지 고요히 닦여야 합니다

벌의 눈물과 나비의 애도를 담아

퍼석한 암술에 적셔드리면 됩니다

억새 손길은 망자라도 아픈 법이니

핏덩이 다루듯 살살 문질러주십시오

저기, 염을 위해 한 떼의 구름이 몰려오는군요

천 번을 탄 목화여야 부패를 막을 수 있습니다

환생할 수 있도록 뿌리마다 온기를 주세요

조문객과 상주는 슬퍼하지 않아도 좋으니

강물 같은 곡소리만 자글자글 들려주십시오

엘리베이터

내 방의 유일한 창문은
가구도 되고 액자도 되고
안개도 되고 구멍도 되는 거울
그 속에는
죽은 꽃, 죽은 나비가 어리어 있다
비가 운다

문이 열리고
젖은 우산, 젖은 손
젖은 머리, 젖은 당신이 들어온다
거울도 젖는다
붉은 넥타이 위로 클로즈업된 입술
안개는 젖지 않는다, 고 말한다
젖은 껍데기를 만지고 싶다, 고 말한다
나는 반복하여 말하고
당신은 우산을 다부지게 털며
거울 속에서 사라진다

버튼과 버튼 사이 숫자로 빠져나간

저 하얀 손가락과 몸통

나를 관통해 간 눈빛

거울은 창문으로 모조된 벽

바깥은 문으로 닫힌 쓸쓸한 풍경 같은 것

거울 위 서리 자국에

환영(幻影)의 말을 적는다

하루만 당신의 겉옷을 빌리고 싶다

고부조 전면 여인상*

당신은 앞모습만 보고 있다
나를 반 바퀴 돌리거나 끌어안고자 한다면
쉽게 볼 수 있는 나의 뒤를
자꾸 '없다'라고 말한다

등이 보이지 않는 것은
벽 속에 파묻혔기 때문이다
견고한 목덜미와 척추로
뿌리를 내린 그곳

유두는 등이 피워낸 꽃
벽을 견디는 등줄기의 힘이다

풍성한 곡선을 빚기 위해
끌과 망치로 수없이 깎아 칠 때마다
균열의 상처를 받쳐 들고 있는 것은 뒷모습

쇄골이 섹시하다는 말

아. 하는 당신의 감탄사는 생각보다 짧다

당신의 옆모습

이내 돌아서는 뒷모습

차마 욕창 난 엉덩이를 들킬 수 없었던 나는

당신을 통째로 삼킨다

* 고부조 : 모양이나 형상을 나타낸 살이 매우 두껍게 드러나게 한
  부조.

팔광 보름달

아침 밥상을 물리고 심심해진 모녀
할머니는 벽에 기대 어긋난 틀니를 딸각거리고
어머니는 국화, 매화, 난초, 단풍
입소리 내어 화투패 맞추신다
보청기에서 파리 끓는 소리 난다
철 수세미로 내장을 씻는 것 같다 하시더니
묵은 말씀 아프지도 않고 술술 나온다
둘째 딸 죽어 묻을 적에
울다가 코피 터진 말씀부터
할아버지 묻고, 못 먹어서 굶어 죽은
큰아들까지 묻고 나면
흘깃흘깃 늙은 딸의 훈수를 기다린다
씨앗 한 톨 자라지 않는 레퍼토리
어머니는 비광이다, 똥광이다
우스갯소리 샛길로 빠지려 하고
바람난 할아버지 바짓가랑이 찢듯
짝지어둔 화투패 흩치는 할머니
떨어진 팔광 보름달이

은빛 동전으로 보이는지

엄지 검지 갈고리 세워 화투패 후벼판다

어머니는 슬그머니 동전을 꺼내

보름달 위에 얹어주신다

밀림 속 피아노

늪에 엎드린 악어는
긴 하품 털며
수초 뒤집어쓴 달을
벌컥 들이마셨다
저항할 틈도 없이 물결은 솟구치고

튕겨난 별들 사이로
두 손이 텅 빈 아이가 걸어왔다
악어 이빨에 낀 살점을
손가락으로 살며시 끄집어내며

전생으로부터
악어 밥이 되기 위해
천 개의 강을 건너왔다는 듯이
검은 술수를
아름다운 비명으로 잠재우겠다는 듯이
통통 치아를 오르내리며

한 입씩 음표를 깨물었다

지금은
짐승의 얼룩진 뼈 사이로 저음을 깔아 넣는 시간
뒤꿈치를 죽인 숲에서 고음을 건져내는 시간

아이의 머리통과 두 손을 바라보며
눈물을 조율하던 악어 입에서 짧은 탄성이 흘러나왔다

손톱과 손마디를 통째로 부숴 먹고
치아를 가지런히 쓸고 있는 악어
삐걱거리는 위턱을 무겁게 내리 닫았다
아이가 배불리 먹어줄
절정의 눈물을 만들기 위해

새들의 이입

담벼락에 균열이 일어난다

기화된 수분이 돌아 내려와 조금씩 스민다

구멍 속 표적을 향해 독기를 세우던 고양이

노을빛 문질러 발톱을 순화시킨다

강가에 버려진 개집이 따뜻할 때까지

풀은 풀끼리 몸을 비비적거리고

고물상 뒤편 늙은 하이에나 부부에게

짐승은 죽은 뼈를 고요히 내민다

모두가 속죄하듯 목숨을 내놓는 저녁

날갯죽지 역마를 매단 새여

여기저기 파열된 나무 사이로

이 모든 잡음을 불어 넣는다

귀를 열면 그들의 청명을 들을 수 있다

판화에 대한 상식

선이 뚜렷해야 카리스마가 있다
얼굴의 윤곽은 양각으로 처리한다
미백의 피부를 선호하므로 내부는 음각
차분히 어울리는 윤기와 휘날릴 검은 혈기를 위해
머리카락은 음각과 양각을 교차시킨다

검은 눈동자는 식상하다
풍경은 보는 것이 아니라 담는 것이므로
검은자위는 음각으로 뚫는다
끌칼로 깊이 구멍 낸 눈동자 속
풍경이란 풍경은 모조리 침몰시킨다
나는 구름과 바다로 이루어진 육체
오장육부를 미련 없이 도려내고
몸통 안으로 빛을 쏟아붓는다

목소리는 각도에 따라 변주될 수 있게
둥근칼과 예리한 창칼로 조각할 것이다
때에 따라 극으로 배치된 음성이

당신을 안을 수도 단칼에 베어낼 수도 있다
짓무른 목청을 타고 들끓던 파리 떼
누구도 귀를 보태지 않는 웅성대는 잡음 따윈
티끌 한 점 없이 지구 밖으로 파버린다

평칼은 넓은 배경에 용이하다
나를 위해 주변은 평지여야 하므로
어떠한 굴곡도 허용하지 않는다

움켜쥔 칼끝으로 심혈을 기울인 자화상
탁본된 얼굴들과 만난다

B104호

병든 눈으로 엎드려 시집을 읽는다
지하는 슬픔을 여과시킬 창문이 없고,
차라리 벽뿐이어서 다행이다
가난은 시와 함께 무럭무럭 자라나 넝쿨을 친다
책에서 흘러나온 줄기 하나를 모서리에 걸쳐준다

여기저기 길을 찾는 어린 손
곧 절벽을 만날 것이고 수맥이 밀려올 것이다
그래도 타고 올라라, 벽 속에는 부장품으로
길고 넓은 창이 묻혀 있으니

그것은 잠들기 전 내가 파놓은 숨통일 것이다
지하는 지상을 얻지 못한 자들의 묘지
검은 파도에 눈동자가 휩쓸려간다

사각사각 필체를 펼치며
구구구 새들이 날아오르고
어둡고 습한 곳에서

지상의 이름을 빌려 쓰던 내게

엉망인 아침과 뒤바뀐 저녁이 와도

언어의 일출은 차오른다

검은 털 뭉치가 나뒹구는 동굴 속,

시집 한 권을 창문 삼아

꽃 피는 것 바라보다가

원시적 감각으로 문장을 전하고

비애에 젖는다

슬픈 것들이 울기 좋은 곳

눈물이 창으로 변천해왔다는 건 지하가 전해준

역사적 사실이어서

한 발 한 발 타고 오르며

거룩한 족적을 남기는 것이다

방충망을 열어줄까

살점에 구멍 하나 내지 못하고, 모기는
야윈 손 잽싸게 피하며 방충망을 붙잡는다
베란다 너머 나를 노리던 놈도 달라붙어
기립의 정사인 양 안팎으로 밀착한다
이 비릿한 장면 놓칠세라
숨죽이며 지켜봐도 별다른 낌새가 없다
요동치는 파노라마도 없고
극적인 장면도 없이
슴슴한 연출로 엔딩 될까 조바심 난다
저런 맹추 같은 것들!
세상에 나와 영혼만 미적대다 돌아갈 것인지
빈혈 난 듯 추욱 미끌리다,
몇 번이고 다시 올라붙는다
피 맛을 보지 못한 사랑은 저리 간절할까
그제야 나는
소매 걷어 맨살 드러낸다

껌, 나비

붉은 입속을 관능적으로 날아다녔다
별꽃 몇 송이 화대로 감추고 왔다
산모의 유방처럼 부푼 봄날
나비, 그곳이 불그레 솟구쳤다
볼우물 깊숙한 곳에서
날개 젓는 소리 찰박찰박 터졌다
요도 끝 아지랑이는
바위틈으로 혼미한 표정을 흘려보냈다
꽃의 신음이 들린 듯도 하여
꽁지 들썩이며 더욱 세차게
딱딱 뼈를 짓뭉갰다
시친 사타구니 서둘러 닦는 손길
걸레처럼 내뱉어진 길바닥에
사랑의 형틀이 발견되었다

제2부

벌, 돌아오다

화분의 꽃대는 늙어갔다 꽃을 피워 무는 일

귀찮아졌다 몇 개의 수술은 빠져나가고 날마다 잎에서는

가래 끓는 소리 났다 집 떠난 당신이 돌아올 때면

늘어진 꽃술 세우고 촉촉이 입술 닦던, 꽃

그마저 시들해져 건초만 넣 놓고 바라보았다

봄은 한 시절, 열정적인 키스는 그때뿐이었다

당신이 후려치고 들녘으로 날아간 뒤

화단을 홀로 지켜야 하는 그 오랜 풍경이 고단했던 것이다

질긴 투병의 환자처럼 빛의 수혈을 받아도

줄기는 퍼석하였다 벌에 쏘여 퉁퉁 부어오른

계절이여 뿌리 사이로 죽은 독설이 기어 다녔다

대문간에 소금 뿌릴 기력조차 없는데, 날개 접고 온 당신

천지 없이 쏘다닌 혀끝에는 바람의 흔적만 묻어 있었다

햇살이 위안 삼아 전해주는 알약 털어 넣고

조금씩 흔들리며 살았다는 신산한 내력

정녕 버리는 일조차 귀찮아졌을 때 당신을 떠안았다

혼신의 키스에도 꽃잎은 젖지 않았다

담쟁이넝쿨

두 손이 바들거려요 그렇다고 허공을 잡을 수 없잖아요

누치를 끌어올리는 그물처럼 우리도 서로를 엮어보아요

뼈가 없는 것들은 무엇이든 잡아야 일어선다는데

사흘 밤낮 찬바람에 찧어낸 풀실로 맨몸을 친친 감아요

그나마 담벼락이, 그나마 나무가, 그나마 바위가, 그나마
꽃이, 그나마 비빌 언덕이니 얼마나 좋아요

당신과 내가 맞잡은 풀실이 나무의 움막을 짜고

벽의 이불을 짜고 꽃의 치마를 짜다

먼저랄 것 없이 바늘 코를 놓을 수도 있겠지요

올실 풀려나간 구멍으로 쫓아 들던 날실이 숯덩이만 한 매
듭을 짓거나

이리저리 흔들리며 벌레 먹힌 이력을 서로에게 남기거나

바람이 먼지를 엎질러 숭숭 뜯기고 얼룩지기도 하겠지만

그래요, 혼자서는 팽팽할 수 없어 엉켜 사는 거예요

찢긴 구멍으로 달빛이 빠져나가도 우리 신경 쓰지 말아요

반듯하게 깎아놓은 계단도, 숨 고를 의자도 없는

매일 한 타래씩 올을 풀어 벽을 타고 오르는 일이

쉽지만은 않겠지요 오르다 보면 담벼락 어딘가에

평지 하나 있을지 모르잖아요. 혹여, 허공을 붙잡고 사는
마법이 생길지 누가 알겠어요

따박따박 날갯짓하는 나비 한 마리 등에 앉았네요
자, 손을 잡고 조심조심 올라가요
한참을 휘감다 돌아설 그때도 곁에 있을 당신

봄의 반사광

절반의 거울을 땅속에 묻었다
절반의 나를 매장시켰다

절반의 눈물, 절반의 노래, 절반의 흔들림, 절반의 소리

바람은 절반의 얼굴을 찾아 비추었다
구름은 절반의 슬픔을 찾아 떠돌았다

매미에게 온전한 울음을 주지 못한 여름
새들에게 두 쪽 하늘을 열지 못한 가을

반달 하나가 뜨고, 반달 두 개가 뜨고, 반달 세 개가 뜨고
자꾸만 하늘에서 반달이 태어났다
도리질 치는데도 꽃은 피어나고
잎사귀를 떨궈도 계절은 돌아왔다

뚜벅뚜벅 흔들리다,

소스라치게 놀라다,

반쪽을 땅에 묻고서 하늘로 뻗는 기쁨
반쪽을 가슴에 뭉치고서 흐르는 슬픔

몸의 일부를 땅에 묻은 뒤
세상을 반만 살게 되었다
사랑을 반만 품게 되었다

흙을 툭툭 치고 올라오는 발끝을 보면서
완연한 꽃잎으로 침잠하고 싶었으나
계절은 멀쩡히 와서 나를 끌고 갔다

반달

당신이 지병으로 죽고 난 뒤
패킹 너덜거리는 냉장고를 청소했네
쉰 두부와 청포묵을 으깨버리고
짓무른 호박 설겅설겅 썰어 텃밭의 거름으로 주었네

보리밥에 된장국 맛있게 비벼 먹던
당신이라는 행복한 식욕

내 곁에
밥 한 공기 해 먹일 사람 없다는 건
저무는 햇살이
밥상을 내리비쳐도
물끄러미 두 팔만 내벌리고 있는 것
입안으로 바람 한 줄기 퍼 넣지 못해
새치름 말라가는 것

당신이 죽고 난 뒤
털개머루 젖꼭지 네 개

달콤하게 덮어주던

목단 이불 활활 불태워버렸네

티격태격 등 돌려 자던 때

애첩인 죽부인도

불구덩이 함께 묻어주었네

검은 털 숭숭 박힌 가슴팍에다,

내 얼굴 옮겨 심던

당신이란 허물없는 안식

내 곁에

이불 한 장 덮어줄 사람 없다는 건

망망대해 떠도는 조각배 되어

밤새 아픈 몸 뒤척이는 것

텅 빈 베개 바라보며

머리카락 한 올 쓸쓸히 주워보는 것

박하와 나프탈렌

창밖으로 쏴 하게 비가 내리고 한철 입었던 블라우스를 개
비며
서랍 안쪽에 놓인 백옥의 나프탈렌을 만져보았다

봄비가 우아하게 땅을 녹여 먹듯 독약 처분이 내려진 사
랑을
아무렇지 않게 녹여 먹고 싶었다 결코 박하가 될 수 없는
눈부신 독소들
그만 혀끝에 인광이 맺히고 말아,

쓸쓸한 사랑의 모형을
돌 틈에 끼인 가자미눈으로 쳐다보는데
첫사랑 박하 향은 옷장에 머무를 수 없고
투명한 표정의 그림자만 서랍에 누워 맹독의 눈물을 흘렸다

꽃의 조형만으론 입안을 달콤하게 채울 수 없나,
두 볼 가득 깨문 채 잠들어도
도무지 무해한 꿈결 같은 혼돈의 결정체 아래,

순한 눈동자와 냉혹한 입술이 덧칠되었다

박하와 나프탈렌 사이 끝없이 비는 내리고
눈물은 혀끝에 엎어져 내내 입술을 달싹거렸다

태양은 노른자가 되고 싶다

과학적으로 말하자면
당신이 내 주위를 맴도는 것으로 기록됐지만
아니다. 밤마다 검은 불로 살라 먹은 수억만 개 별들로
육천 도가 넘는 에너지를 뿌리며
내가 당신 주변을 맴도는 것이다

굴뚝을 빠져나오는 연기처럼
구멍을 열어 좌욕하는 여인처럼
당신의 바다에 열전도가 일어난다

지구의 노른자가 되고 싶어
나는 정오마다 이글거리는 태양

푸르다는 것이 얼마나 뜨거워야 하는지
일억 오천만 킬로미터를 쏜살같이 달려와
보여주겠다 뙤약볕에 눈알이 찔리는 바다

눈부처가 타고 있다 활활

꼬리뼈를 들썩이며 북극 고래는 열기를 피해 달아나고
부글부글 끓어 내 심장으로 기화하는 파도에게
포로를 맞이하듯 발기된 빛을 푼다

하지만 양극을 모두 말려버리기엔
당신은 지구라는 이름으로 너무 오래 살았다

일광욕을 즐기는 알래스카불곰처럼
살결 그을리다 표표히 사라지는 바람처럼
북극의 열전도는 가슴만 시리다

나는 당신을 불화살로 뚫으려 하고
당신은 푸른 방패를 세운다
우리의 합궁이 멀다

원룸

칸막이 없는 사막을 오래 걷는다 감정을 흘리지 못한 모래
바람
　등뼈 허물어진 적막을 어느 벽엔가 기대야 하리, 이제는
　날개를 믿지 못하는 늙은 조류가 되어 소식 없는 그대에게
편지를 쓴다

　벽 뒤의 벽을 보고 싶어 벽 뒤엔
　심장을 달구는 뙤약볕이 있어 옛 애인의 얼굴 새까맣게 태
웠어도
　벽 뒤엔 못다 한 기대가 숨어 있지 심장이 죽었으므로 아
무런 예고 없이

　빈 방을 찾는다 장례를 치른 모래무덤
　널브러진 와이셔츠, 수의를 빠져나온 영혼이
　꽃무늬 벽장에 가슴을 부비며 운다
　기러기, 기러기처럼

　손잡이에서 흘러내린 일인칭의 눈물 냄새,

그대가 벗고 간 잠옷에 얼굴을 묻는다

너무 빨해서 내장이 쓸쓸한 방, 낙타가 붉은 혀를 내밀며

터벅터벅 사막을 건넌다

모래바람이 천 년의 몸을 뒤집어도

날지 못하는 원룸, 원룸

수족관 수마트라*

하루 칠백스물여섯 바퀴 회전합니다

당신을 스친 횟수는 마흔세 번

빠끔빠끔 지느러미를 멈춰보니

당신과 나의 옷깃이 꽤나 깊었습니다

처음엔 서로를 아름답게 덮치고 싶어

아가미 해질 정도로 키스하고 다녔지요 그러나

회전을 거듭할수록 무의미한 존재

사랑의 연서가 비늘에 반사되어

물거품으로 사라집니다

오, 당신 입술이 얼음장 같아

돌기 빠져버린 키스

생의 절반은 공회전으로

나머지 절반은 모형의 날갯짓으로

평생 수평선에 닿지 못하는 우린

독 안에 든 수마트라

뼈 없는 등이 수포를 타고 허물어집니다

동일한 형태로 헤엄치며

서로의 반경에 갇혀버린 물리적 비애

우리 여기서 멈출래요?

* 수마트라 : 인도네시아 보르네오 섬 근처에 서식하는 열대 물고기

밤마다 카톡

남편과 바꾸고 싶은 남자가 노란 풍선으로 창문을 두드리네
여자의 애인이 되고 싶은 남자는 골방에 갇힌 그녀를 꺼내
가볍게 휘파람을 날리네 휘릭, 휘리릭

알맹이 톡톡
이렇듯 쾌활한 사랑이 있다니!

사랑이란,
뙤약볕에 심장이 타버린 지렁이
찬물에 풀리지 않는 미숫가루
날짜 잊은 일기장에 휘갈겨 쓴 비애

그런 줄 알았네, 그런 줄 알았네

　남편과 바꾸고 싶은 남자가 여자의 손가락을 사르르 휘감
아대는 밤
　여자는 침대 모서리 거꾸로 누워
　무지개 쏟아내는 팬티 바람의 남자에게
　입술을 퍼붓네 쪼옥, 쪼옥쪽

사랑의 맹독성을
이렇듯 간단히 요약하다니!

밀린 설거지 곁에 두고 단문의 혀를 들이대는 밤
액정 밖으로 사랑의 이모티콘들 팝콘처럼 넘쳐나네
여자는 탈모가 시작된 머리카락을 한 줌 쓸어 휴지통에 버리고
스크랩한 남자를 저장하며 환하게 웃네

사랑이란,
온몸으로 맞이하는 운명이라 누가 말했던가
그것은 이 시대 마지막 편견

여자는 손가락 하나로 남편과 바꾸고 싶은 프사*를 향해
눈물의 속옷을 훌훌 벗어버리네

*프사 : 프로필 사진을 줄여서 쓴 말.

분홍빛 허그

깻잎이 깻잎에 포개지듯
배춧잎이 배춧잎에 기대듯
당신은 양팔로 양파처럼 나를 감싼다

귓전에 미세한 숨소리 가르랑거린다

앞모습으로 뒤통수를 껴안고
뒤통수가 다시 앞모습으로 위장한
밀착의 원주율

매운 눈초리로
누군가의 목덜미를 깨문다는 건
얼마나 짜릿한 미행인가

신은 뒤로 회전할 수 없는 두상 대신
말초신경을 한 바퀴 돌게 하였다

평생 시들 것 같지 않은 얼굴로

한 겹씩 친분을 둘러싼 당신과 나

둥글게 부푼 의문들

주춤하는 사이

두 팔 휘저어 정수리를 들이밀던 수문이 닫히고
지구의 반대편을 채운 봄꽃과 접시에 말라붙은 사과 반쪽

나는 지극히 사랑한 그녀를 주머니 안쪽에 구겨 넣었다

세상 모든 낙서가 눈동자 위로 총집합했을 때
유일하게 펜을 들어
내 동공 한가운데를 붉게 후벼 팠던 그녀

모호한 고백을 탐독하는 일,
새벽은 온통 붉은 눈빛이어서
언어와 언어가 짓무른 그녀 무릎을
오랫동안 매만졌다 하지만

나는 도취한 심장에 비해 체력의 반전이 약했다

단단하지 못한 뼈로
세상에 나왔노라는 진부한 문장을 남기고

그녀의 달아오른 허벅지를 양손으로 구겨버렸다

사과 속을 달콤하게 헤엄칠 날이 곧 올 것이라는
과도의 과도한 독성만 품은 채
어설픈 지느러미로 물길 깎다가

주춤하는 사이,
그녀는 천 갈래 난해한 문장으로 바뀌고
두 손은 껍질에 휘말려 허우적거리고

키스의 키스

당신이 입술의 뚜껑을 닫는다 입구가 좁아서
혀가 말려들어 간다 내 입술은 주저앉으며
빠져나올 구멍을 찾지 못한다

바닥이 좁고 너무 어두워

당신에게 말을 걸고 싶은데, 뚜껑이
당신 눈동자에 내 혀를 비추고 싶은데, 뚜껑이
당신 가슴을 무한히 핥고 싶은데, 뚜껑이

당신이 나를 압박했을 수도 있고
내가 먼저 밀봉했을 수도 있다

긴 혀를 말아 넣기엔
지렁이 환대처럼 좁은 식도
나는 통로에 대한 사유가 약했다

우린 서로에게 강인한 뚜껑

당신 혀가 목구멍에 똬리 틀고 있다면
그것은 뚜껑의 역할에 급급했기 때문

내가 왼쪽에서 오른쪽으로 스르르 휘감을 때
당신은 오른쪽에서 왼쪽으로 살며시 입술을 열어야 한다

몽롱한 공기가 통할 수 있게

프로타주*

내 얼굴에 트레이싱 페이퍼를 올려요

보이는 것은 쉽게 카피되죠

4b 연필로 표정의 요철들 오래도록 문질러요

선명한 것 모두 뭉개고 편편할 때까지 계속 문질러요

탐색하고 베껴먹은 얼굴은 구린내가 나요

나는 최대한 밋밋해지고 싶어요

날갯짓만으로 새의 언어를 요약할 수 없듯

콧노래만으로 말의 기분을 재단할 순 없죠

뿌리 속에 숨어 사는 꽃봉오리

시체 속에 자라는 아름다운 벌레

밤의 불빛이 수많은 하루살이를 비추는 건

한 마리 버둥거림을 보기 위해서죠

바다가 첩첩 절벽까지 몸을 싣고 와

머리를 세차게 부딪치는 건

한 점 물방울을 만나기 위해서죠

흑연에 휘갈긴 세월 속

암각화로 남은 굴곡들이

아무것도 아닌 그림일 때까지

내가 세운 섬들을 모조리 뭉개버려요

* 프로타주 : 나뭇잎, 나뭇결, 철망 같은 울퉁불퉁한 면 위에 종이를
   덮고 부드러운 연필이나 콩테, 크레파스 등으로 위에서 문질러서
   모양을 나타내는 기법.

찰칵

— 이별의 마지막 포즈

지루한 바다에 물고기가 팔딱 뛰어오를 때
먹장구름 사이로 죽은 새들이 살아나올 때
붉은 장미를 입에 물고서, 찰칵

너의 주름살은 반듯해진다
감방에선 내일도 모레도 콩밥이 나오겠지
어쩌다 햄버거와 럼주가 지급된다면
끼룩끼룩 웃고 싶을 것이다, 찰칵

그동안 우리가 마신 슬픔의 술잔은
이제 공동묘지가 된다
염주 알 하나, 하품 둘
독방에서 외던 번뇌의 독경도 뚝 끊어지고

얼굴 밖으로 뛰쳐나온 심해의 아귀들을
더는 달래고 싶지 않다
그러니
악어처럼 크게 웃어봐
찰칵!

거리가 맺은 열매

그림자 긴 은행나무 아래서 우리 약속했네
너무 멀리하지도, 가까이 있지도 말자며
딱 그만큼의 거리에서 웃고 떠들고 때론 울자고

잇몸으로 쏟아낸 누런 알들이 발끝에 데굴데굴 구르는 건
딱 그만큼의 거리가 맺어준 열매, 꼭꼭 씹었다 뱉은 말 냄새
날마다 발바닥은 새롭게 태어났네

그 나무 아래서 우리 다시 약속했네, 봉분 세우듯
우르르 잎사귀 퍼붓던 날, 잘 익은 알맹이로
코 막고 입 막은 채 아무 죄 없이 살다 가자고
딱 그만큼의 거리에서 당신과 나
염하듯, 사랑하듯

나의 일곱 번째 오빠

다리가 휘청거리는 식탁에 앉아
어금니 빠진 빈 접시를 바라보네, 오빠
나를 사랑하던 다섯 번째 여섯 번째 오빠, 들은
어디 가고

일곱 번째 오빠가 이 자리를 지키고 있나
무기력, 무중력, 무생물, 붉은 일요일의 오빠만 남아
찬밥 같은 사랑을 이야기하나

감히 사랑을 논하다니, 오빠
사랑에는 청춘도 필요하고
보석도 필요하지
저것 봐, 다섯 번째, 여섯 번째 오빠들은
고양이에게 진주 목걸이를 걸어주고 있잖아
나이프로 와이프의 고민을 단정하게 썰어주고
분홍 냅킨에 버드렁니를 부득부득 닦으며
기름진 몸을 맘껏 축복하잖아

부러워라, 나의 여섯 오빠들은
한때 나에게 천국을 약속했었고
수많은 열쇠를 갖다 바친 자
포도나무를 일궈 와인을 짜낸 젊은 디오니소스들

내가 머메이드 웨딩드레스를 꿈꾸고 있을 때
일곱 번째 나약한 오빠만 나타나지 않았어도
열쇠도, 천국도 없는 오빠의
텅 빈 눈동자만 바라보지 않았어도

곰팡내 나는 부엌에서 양파를 다듬다가,
그 옛날 느티나무 아래 첫 번째 오빠를 생각하네
더러운 행주에 눈물 닦으며
가끔 해외로 유학 간 여섯 번째 오빠도 그리워하네

일곱 번째 오빠의 쓰러져가는 하숙방 때문에
아포리즘의 기억을 들먹이던 그 슬픈 눈빛 때문에
내 심장은 코뚜레 꿰여

빗자루로 온종일 죄 없는 아이들만 닦달했지
나는 무식하게 늙느라 살갗이 분화되는 것도 몰랐네

유난히 팔목이 길었던 열일곱 살 예쁜 숙녀가 어쩌다 뚱보
가 되었냐고
수요일마다 빨간 장미를 건네던
세 번째 오빠를 길에서 우연히 만났을 때
나는 그만 검은 봉지에 얼굴을 처박고 싶었어

그런데도 나의 일곱 번째 오빠는
일요일마다 지글지글 고등어조림을 요구하네
은밀한 표정으로 젖가슴을 만지고
고춧가루 묻은 혀로 뜨거운 키스를 원하네

검은 물 뒤집어쓴 쥐새끼가 대가리 치켜들던
그 하수구 때문이라고
두 청춘을 포개서 종일 뒹굴게 하던
그 후텁지근한 담요 때문이라고

바락바락 고함쳐보는데

오, 내 첫 번째 사랑은 왁자하게 달려와서
망상의 여섯 오빠들을 원 스트라이크 아웃시켜버리네

제3부

뱀들에게

눈이 내리자 나는 조용해졌다
마치 폭설을 듣기 위해 태어난 사람처럼

용으로 승천하려는 검은 혀가 오색 여의주를 물던 날,
머리 위로 쏟아지는 수억 마리 실뱀

호모 사피엔스는 직립하면서
두 손의 자유 대신 귀가 민감해졌다
착시보다 현란한 이명의 시대

고막 안으로 눈보라가 날아들었다
못을 박거나 땅을 파는 도구보다 먼저 그대의
견고한 언어가 귓전을 때렸다

수억 마리 뱀이 구어의 기술을 익히는 동안
굽어진 외이도는 혀를 운반하는 통로
고막 안으로 붉은 입술이 쏟아졌다

눈사람은 눈의 말을 받아먹다가

겨울과 함께 죽은 사람이라지
병든 쥐를 집어삼켜 탈이 난 표정으로
굉음을 받아먹는 귀의 식도

내 안의 내가 온전히 태어나기 전부터
폭설을 퍼붓기 시작한 그대에게
나는 청각의 자유를 잃었다
내가 그대를 삼킨 것이 아니라
그대가 나를 집어삼킨 것

달이 뜨지 않는 밤에 혼자 버려진
꽃은 어떤 음성으로 우나
나비는 날다가 어느 곳에 앉아 숨을 고르나
심지 빠진 양초에 성냥을 그어대듯
애타게 부르는 고요

한 마리 거대한 용으로 승천하려는 뱀들아
잔설과 폭설로 의사를 타진하는 입들아

멈춰라, 내 귀는 충분히 병들었다

환청으로 얼룩진 눈사람
끝내 봄을 못 듣고 떠난 사람

계란의 법칙

프라이팬 모서리나 숟가락으로
계란을 깨뜨리는 건
강도 높은 무기를 휘두르는 것이다
한쪽만 쌍코피 터지는 것이다

계란으로 계란을 깨뜨릴 때는
당연한 듯 한쪽이 먼저 깨져준다

약자에게 맞불 놓는 건
금속성으로 계란을 치는 일
난폭한 짐승처럼 승리를 독식하는 일
누군가를 가차 없이 두들긴 잘못으로
호되게 대가를 치른 적 있다

한쪽이 다른 한쪽을 위해
스스로 깨져주는 계란의 법칙

꽃과 꽃 사이, 나비와 나비 사이, 풀과 풀 사이

노란 민들레로 피어난 알의 몸이 뜨겁다

누군가 맨몸뚱이로 나를 깨뜨리고자 한다면

기꺼이 알몸으로 투항할 것이다

화술

지옥의 문 앞에서 꽃이 되었다

양귀비처럼 예쁘게 피어야 한다고
아버지는 지갑을 열어 보였다

푸른 지폐 위로 줄기를 뻗으며
찬란히 우는 꽃

붉은 피는 붉은 피답게
박제된 혈관을 따라 한 방울도 튀지 않고
수술대 올랐다

탐스러운 게 꽃이 아니라
탐욕스러운 게 꽃이라 했던가

세상 모든 꿀벌을 향해
아리따운 얼굴로
입술을 벌리고 있으라 했다

압박붕대에 휘감긴 줄기마다

넝쿨이 엉켜 붙어도
화대는 넉넉히 받을 것이라 했다

지구에서 가장 빼어난 꽃이 되기 위해
탈진한 햇빛과
더러운 공기와
저속한 물을 마시며
모든 어휘를 꽃밥에 집중시켰다

요기의 화환이 되려고
온종일 입술을 나불거렸다

금기

물의 목구멍으로 돌을 던져 넣었다
사랑하면 안 되는 그림자를 계속 집어넣었다

소식은 당도하는 것이 아니라 찾아 나서는 것
창가로 흘러가 밤새 두드렸다
그의 주인이 표적을 세워
어두운 상황을 완벽하게 정리할 때까지
그는 바닥에 붙은 껌처럼 얼굴이 납작해져
내가 있는 쪽을 돌아보지 못했다

피를 제압하는 또 다른 이름의 현기증
검은 새들 날아와 뼈다귀만 남은 형광등을 와장창 깨버렸다

실체를 품는 건 그리움의 배반인가
가라앉은 돌덩이가 목구멍까지 차오르고
유령, 유령들의 시체가 사방에 게워졌다

아찔한 관계로 형성된 녹조는

나쁜 소문을 만드는 원료로 쓰였다

그대에게 건너갈 마지막 히든을 뽑으려고

여백의 자궁을 움켜쥐는데

박쥐들 몰려와 제방을 쌓았다

범람할 수 없는 경계

주인은 법률적 용어가 수록된 문서를 사방에 명시했다

돌을 삼켜낼 물조차 메마르고

몸속 주머니도 꽉 메워진, 나는

물의 사람으로 태어나 물이끼로 걸러졌다

사후 계약서

입술에 말발굽을 매달고 그녀는 달린다
혀의 올가미로 내 목줄을 움켜쥔다

혼자가 되고 싶은 사람은
혼자가 되고 싶지 않은 사람과 동일 선상에 있다
죽고 싶은 사람은
죽고 싶지 않은 사람과 몸을 맞대고
사후의 안전성을 보장받는다

창밖으로 플라타너스 잎들이 떨어진다
의학과 영양이 주는 특혜를 누리지 못하고
저절로 풍화되는 나무껍질을 본다

길바닥에 말라붙은 지렁이를 지그시 덮고 싶은 날
고통에 순응하는 수천 가지 자세를 묵도하며
햇살은 경건하게 수의를 입힌다

약정으로 압축되기엔 부양할 외로움이 너무 커서

나는 지금 구름 위를 떠도는 중

고장 나지 않은 곳이 고장 난 것처럼
어떤 조항에 닿으면 내 몸의 기관들이 부식될 것 같다

그녀는 만기가 늘어난 목숨을
항목별로 조목조목 엮어 뇌간에 채워준다
나는 숨겨온 지병을 떠올리며
말없이 고개를 끄덕인다

학교

채마밭 널브러진 고구마 줄기를
한 묶음 엮어 시장에 내다 팔았다

깜박거린다

달은 한 개의 거울 속에서
낮의 슬픈 입술을 감추는 것으로
밤에 환한 눈동자를 드러낸다

비보호 좌회전의 위험한 길목에 우리는 살고 있지
어제는 내가, 오늘은 당신이 뜨겁게 타오른다 혀에서 내장
으로 이어지는
내 몸의 심지를 당신은 쉼 없이 핥아대고

그러면서, 불의 윤곽을 잡아나간다 나무와 구름조차 보이
지 않는 곳
외곽으로 빠지려는 시커먼 눈동자에게 붉은 피를 수신한
다

시속 200킬로의 칼새가 지나간다 선량한 구름이 찢겨 너덜
거린다
건널목도 없이 먹구름 뚫고 가는 저, 위험한 비행을 막으
려면

한 사람의 죽음을 건너 또 한 사람이 뜨겁게 타오르는 것
으로
우리는 점멸의 세계를 견뎌야 한다

죽음과 삶이 동시에 대답할 수 있습니까 그럴 수 있습니다
그대들 무작위로 내뱉는 확답의 속도를 늦춰라
일방적으로 날개 휘젓다 가드레일에 뿔을 처박히는 어린
양을 보았다
뇌관을 찌르고, 식도를 찌르고, 발기된 성기마저 잔인하게
찌르고 뿔은 탈골되었다

우리의 발화는 갓길을 서성이는 꽃의 참사를 막는 것
미쳐 날뛰는 어느 청춘의 폭주를 차단하는 것
이 모든 것은 당신과 내가 한 번씩 죽음으로써 가능한 일
서로가 서로의 배경이 되지 않는다면 우리는 적막한 이승
의 신호가 될 수 없다

이승과 저승이 맞닿은 길목, 나는 잿더미가 되기 위해

몸의 습량을 재빠르게 건조시킨다

관 속에 누운 뜨거운 사람……
내일은 당신이 어두워질 차례

물방울

타르페이아* 같은 절벽을 내려다본다
이것은 내 의지가 아닌 당신의 뜻
배수구로 가는 길은 멀고 세면대는 그렇하다
서로를 포개지 않으면 우리는 곧 증발하고 말겠지
누군가 다시 운명의 꼭지를 비틀어준다면
나는 주저 없이 대류로 뛰어들겠다
저, 구멍이 바다로 가는 입구라는 걸
목숨 간당거려본 자는 알고 있으므로

햇살이 내 몸을 관통한다
나는 이제 초 단위로 말라가고 있다
그림자를 찍지 못한 새들이 하늘을 날고
휘파람을 잃은 입술 하나가
오늘은 아주 밍밍하게 죽을 것 같다
히말라야 설산의 눈 조각도
자신을 녹이는 데 평생이 걸린다면
절벽에서 뛰어내리는 모험을 하겠지
나의 과오는 재빨리 본류에 합류하지 못한 것

물의 욕망, 물의 안락, 마조 여신*은 어디 있는가

구르기만 하다 증발할지도 모를

나의 기록에도 물살이 불었으면 한다

* 타르페이아 : 카피톨리네 언덕 남서쪽에 솟아 있는, 살인자와 배반
  자들을 내던지는 절벽 바위.
* 마조 여신 : 천후낭낭(天后娘娘)'이라고도 부르며, 바다에서 조난당
  한 사람들을 보호하고 구제해주는 여신이다.

검은 방

사방은 벽뿐이고 검은 모자를 눌러쓴 이들

이곳엔 독방이라곤 없지요 혼자 명상하게 두거나

고독만큼 자유로운 건 없으니까

허기만으로 포만감을 가지는

당신은 아주 오랫동안 하늘만 응시했고

빗장을 풀어 어린 새를 날려 보냈지요

병뚜껑마저 문장으로 탈바꿈시키며

세상에 의문부호만 가득 찍어댔지요

술 아닌 건 맹물이라고 비틀거리는

공룡 뱃속을 아직도 상상하고 있군요

낙타에게 키스를 퍼붓던 기억은 제발 뇌리에서 삭제시켜요

벽을 통과하는 일이 유죄라는 사실 모르나요

달의 그림자를 태양이라 떠벌리기 시작하더니

아침이 점점 어두워지고 있어요

구름 위로 이주 신청까지 해놓은 나무들

바람은 노인의 지팡이마냥 느릿느릿 걷고 있는데

바다를 침실로 사용하려는 당신

잡초 무성한 묘지로 탈출하려는 당신

평생 외발로 사는 벌이 무섭지도 않은가요 마치 인어처럼

다리의 비늘만 보고 있군요 이젠 잠수를 하시고 싶다?

전류를 퍼 나르며 촉수 곤두세우는 전봇대가 보이지도 않

나요

언제 뽑혀나갈지 모를 당신,

그렇게 아삭거리기만 하실 건가요?

고양이

27너-3657
네 개의 둥근 기둥, 속도에 절여진 타이어 냄새
그곳이 네 집이었니?

음식물 수거함 쪽으로 털레털레 걸어가는 슬리퍼
다리 사이로 시뻘건 국물이 흐른다
여자가 돌아가면 집에서 빠져나와
저 길을 모조리 핥을 것이다

건더기는 어디로 사라졌나
기름기 가득한 달빛만 흥건하다, 시큼한 맛
수거함 위로 경중 뛰어오른다
내장에서 흘러나온 피 맛을 억제하기란

잘 삭아가고 있을까

나와 너 사이,
항상 뚜껑이 문제다
본론을 건져 먹기 위해

나의 눈동자는 겉돌며

밤도둑이라는 누명을 쓴다

겁도 없이 버려진 사유를 핥아먹은 죄

철석같이 믿었던 지붕이 굉음을 내며 어디론가 사라진다

나는 놀라서 산으로 들로 내처 뛴다

풀밭 위에는 쥐똥 냄새가 코를 찌른다

덥석 물고 올 먹이가 있는 것이다

이곳에 살 오른 야생의 문장이 숨었다

27너-3657은 내 집이 아니다

소파 혹은 고래

어느 바다에서 왔나, 고래

꽁지에 네오젠 상표를 붙이고

17층 거실까지 떠밀려왔네

메가톤급 상어가 재빠르게 헤엄치는 바다

어류들 파란만장한 유영을 감상하기 위해

누군가 포획망을 쳤는지 몰라

벽은 한 달 만에 고래를 길들였지

헤엄치지 않고 사는 법

어떤 파장에도 부동이 되는 법

유선형 몸체는 바다가 심장이야

지도를 그리며 하루하루 등짝이 주저앉았네

주인에겐 견고한 뼈가 필요하지

내장 깊숙이 철심을 박고

휘둥그런 눈알 십자나사로 고정시켰어

고래의 수명은 육체의 쿠션을 잃는 것

속은 견고하게

겉은 원만하게

생의 무게가 통째로 떨어져도

아무 탈 없이 받아내야 하지

콘크리트 바닥을 헤엄치느라

뱃살이 닳아버린 고래

등짝이 꺼져버린 고래

두 개의 입술

바람이 나무에게 말하고 싶을 때
나무가 바람에게 말하고 싶을 때
서로의 입술을 포갠다
바람은 푸르고 멍든 잎사귀에 혀를 들이밀고
침 발라 새긴 말들을 핥아준다
때로는 울음도 문장이다
바람의 눈물을 받아 적느라
나무는 가지를 뻗어 하늘 맨 첫 장부터
마침표까지 숨죽여 찍는다
말귀를 알아듣는다는 건
상대의 혀를 움직여주는 것
소통은 바람과 나무가
한결 후련해지는 것!

당신의 윤회설

육교의 첫 계단을 오른다
내 손에는 엄마 손이 갈고리 채워져 있고

다리가 꼭 재봉틀의 노루발 같다
일정하게 접힌 계단으로
일정하게 굽힌 무릎으로

나는 왜 아이스크림이 먹고 싶어지나
애써 바나나 껍질을 밟으려 하나

엄마 손금은
옆집 아저씨의 턱수염처럼 까칠해서
내 손마저 따갑고 아프네

고슴도치의 특징을 백 개도 더 외우고
곤두선 수칙들 모두 깎일 때까지
깎여서, 반듯한 곳에 이를 때까지
가지런히 박음질하면서도

무단에 대한 무한의 상상을 떨칠 수 없어
도열한 난간을 도미노처럼 밀쳐보았지
제자리에서 꼼짝 않고 버틴다는 건
무척 쓸쓸한 일이야
발목에서 계단을 빼내면 모두 넘어지고 말 것들

로드킬 당한 채 피가 납작한 것들
그 위로, 편편히 놓인 은회색 다리
엄마는 힘들게 상단의 주름을 끝내고
주르륵 내리밟으면 될
손쉬운 하단만 남겨두고
조금은 뿌듯한 기분으로 세상을 떠났네

나는 손금의 이론을 이골 나게 외우고도
왜 허방을 짚어대나
무릎의 각도를 정확히 굽혔는데
자주 미끄러지나

벗겨진 구두를 움켜쥐고
굼벵이가 되어 꼬꾸라져 있었네
다시 엄마 손이
갈고리 채우러 올 때까지

소스테누토 페달*

마흔네 번째 건반이 소리를 잃었다
고음이 되기 전 먼 길을 떠났다
당신의 악보는 유독 중간 음을 선호했으므로

대가리와 꼬리를 쳐내고
내장을 쓸던 손길로 청어를 굽다가
당신은 건반에 몰입했다
소스테누토 페달을 밟는 순간
아카시만큼 향기롭던 선율이 곤두박질치는 오후

혈관 뒤엉킨 중음의 노곤함으로
습원을 날아오르는 기러기처럼
저음과 고음 사이를 집중적으로 몰아쳤다
솟대도 없는 음표 자리마다
블루오션과 레드오션이 끊임없이
중년의 혈선을 자극했다

한 옥타브씩 건너뛰고 싶은 욕망

편협한 악보가 굉음으로 변주되어

고음에 닿으려 할 때

당신은 가엾은 음정 하나를 돌연사시켰다

선율의 율은 남아 있고 빈약한 선만

영안실을 맴돌던 밤

당신이 지정하는 악의 세계로

숨 가쁜 음을 몰아넣더니

끝내 울림통엔 곡소리만 남았다

빈자리, 조율사가 유사한 음 하나를

무심히 놓고 간 유월 어느 날

* 소스테누토 페달 : 그랜드 피아노의 가운데 페달, 필요로 하는 음만
  을 지속시키기 위한 연주상의 요구에 대응하는 기능을 가지고 있다.

단도를 지닌 여자

흐르는 물에 사리가 돋았다
힘겹게 떠돌던 포말이 비로소 보호막을 치기 시작한 것이다
궁글어지고 뾰족하고 단단해지기로
마음먹던 날, 물에도 껍질이 생긴다는 사실

여자는 알고 있다는 듯 칼을 들이댔다 빨간 고무장갑 사
이로
　검은 일렁임과 죽은 혀들이 미끄덩거렸다 침묵은
　격막을 세우느라 바다의 연대기를 잊고, 생일조차 기억나
지 않는 얼굴로 소쿠리에 담겼다

바윗덩이를 제 집인 양 들러붙어 사는 물이끼처럼
시리고 아픈 기억들로 벽지를 바르고
돋은 가시는 목젖을 괴는 주춧돌로 쓰였다
밀물과 썰물의 기억 몇만 겹이
껍질 같은 인생에 암각화를 새겼다지만,

여자의 손놀림은 허무하기만 하다 남편 기일과

아들이 채우다 만 일기장을 들여다보며
만조를 기다린 사람처럼

언젠가 죽은 혀에서
언어가 튀어나올지 모르는 일
바람만 채우면 살아나는 고무 튜브로
바다 위를 탱글탱글 굴러다닐지 모르는 일
흉부외과 의사처럼 갈비뼈를 가르고 심장을 꺼냈다

야시장 바닥에 질펀히 쏟아놓은,
무지로 뼈를 세우려다 물의 낙인이 찍혀버린 조개무지
수심 찬 언어는 종일 불면에 미끄러지고

벌레의 시공법

　묵묵히 구멍을 낸다 렌토 리듬으로 망치질하며 자칫, 실금
이라도 긋는 날엔
　가지 끝 매달린 잎사귀가 창백하게 찢길지도 몰라

　강약 강강약 망치질은 거울에 붙은 모기를 지그시 눌러 죽
이는 동작 같다

　거미 한 마리 구름 휘감고 집터를 물색하러 온다 잎의 표
면에서 줄기까지
　순식간 완공한다 보란 듯 줄에 줄 타고 요람을 만들어
　낙후된 밀림을 현대판으로 개조한다

　줄이 있어야 엘리베이터가 작동되는 거야, 스카이라운지
에 앉아 햇살을 당겨봐
　벽을 뚫는 건 사막에 동굴을 파는 것과 다를 바 없지

삶의 직조법만 익힌 거미여, 벌레가 완공하려는 건

뒷면을 넘나들며 거침없이 살고 싶은 눈동자

단면의 올가미 거둬내고 광활한 세상으로 넘어가는 것이다

제4부

슬픈 레미콘

어쩌면 이 타원의 항아리는 영원히 깨지지 않을지도 모른다. 소년은 태어나서 항아리를 벗어난 적이 없다. 풍랑에 꼬리가 휘감긴 외로운 고래 같다. 몸통 가득 시멘트를 채우고 마지막 남은 십 프로 눈물을 간간이 뒤섞으며 짐승의 몸을 이어가는 고래. 얼마를 돌려야 저 거대한 항아리가 깨어지나. 바람도 아닌 것이, 구름도 아닌 것이 서커스단 낮은 단상에서 끊임없이 유영한다.

때로 유기체들이 직선의 꼭짓점을 만들기도 하지. 허공에 정착하려면 일정한 속도로 회전하는 기술부터 습득해야 한다. 모래 속에 감춰진 눈물이 뻑뻑한 고체로 자랄 수 있게 위태한 모션 안에서 수평을 잡는다. 애초 불안(不安)과 부동(浮動)이 한 몸인 것처럼 소년의 회전 방식도 어느 한 지점에 멈출 것이다. 사물과 사물의 결합재로 시공될 푸른 아킬레스건, 타원의 결함을 직사각이 보완하듯 소년은 자라면서 한 장의 벽돌로 압축된다.

역(逆)으로 달리는 기차

부스는 부스와 연결되어 더 견고한 부스를 낳고
사다리는 사다리와 연결되어 더 긴 사다리로 놓이고
창문은 창문과 연결되어 더 빛나는 반사광을 만들고
풍경은 풍경과 연결되어 더 빠른 풍경으로 떠난다

앞으로 앞으로 기차는 달리네

노을은 노을 속에서 더 붉은 노을로 차오르고
기적은 기적 속에서 더 허황된 기적으로 사라지고
눈동자는 눈동자 속에서 더 시커먼 눈동자로 변질되고
침묵은 침묵 속에서 더 음습한 침묵으로 가라앉는다

앞으로 앞으로 기차는 달리네

적재는 적재를 쌓아 더 무거운 적재로 아찔하고
속도는 속도를 당겨 더 위태로운 속도로 질주하고
바퀴는 바퀴를 굴려 더 어지러운 바퀴로 덜컹거리고

소리는 소리를 쳐서 더 큰 소리로 지구를 덮친다

앞으로 앞으로 기차는 달리네

아버지는 더 낯설어진 아버지로 좌석을 살피고
어머니는 더 강요하는 어머니로 좌석을 껴안고
동생은 더 칭얼대는 동생으로 좌석에 올라타고
나는 창백한 얼굴로 터널을 통과한다

역으로 역으로 기차는 달리네

거룩한 빗자루

아버지에게 청소부라는
옷을 입혀놓고
하나뿐인 신은
유유자적 하늘로 올랐다

대기업 과장이나 교수가 아닌
철도청 공무원이나
학교 선생이 아닌,

아버지는 신의 뜻을 받들어
올이 성긴 빗자루로
지구의 반을 쓸었다

아들과 그 아들
딸과 그 딸들까지
가업을 이을까 봐 노심초사하면서

그러나 우리는
성씨만 불리는 일꾼이 되었다

자손 대대 납작 엎드려
아버지가 남긴 반을 마저 쓸었으나
지구는 여전히 오물투성이였다

그의 자기력

사각의 책받침에 철가루로 올려져
조종당하고 있었지

늘 배후가 궁금한,
어떤 힘에 이끌려갈 때
진정으로 분리되고 싶었다
뼈와 살과 내장과 두뇌 같은 것에서

자석은 힘이 세니까
나는 아무 곳에나 갈 수 없는 발을 가졌고
함께 이동하는 단체를 가졌고
휘몰아치는 자력에 광적으로 핏발을 세우다가
평화롭게 멎기도 했다

그렇다 운행이란
철의 성분을 가진 자들이 다 같이 공감하거나
통용될 수 있는 움직임으로

철칙에 따라 회전하는 것

자석은 양극을 벗어난 철새들에게
철의 새로 날아올 때까지
허공에 묘비를 세우게 했다

믿어지진 않지만
우리는 커다란 고철로 보이기 위해
어떻게든 중앙에 밀착했다
추락을 막아줄 자력이 필요했으니까
사열 병사가 되어야 했으니까

몸에 저장된 나뭇잎이나 종이 같은
슬픈 종자를 하나씩 거둬내며
그의 자성에 벌 떼로 붙어
그렇게 지나왔다

거대한 무기

아기 눈썹만 한 새우는
고래들이 출몰하는 해역을 자주 헤엄쳐 나아갔지요

물렁물렁한 등줄기가 너무도 미미해서
터질 리 있겠냐고
설마, 그 덩치 큰 고래들이 배배 꼬인 새끼줄로 뒤엉켜
파동을 일으킬 리 있겠냐고
방심의 옷깃 열어 위험지대를 자유로이 떠다녔지요

해파리 떼가 아가리 붙잡아 독설을 갈구한대도
꿈쩍 않고 물길 잡아갈 것 같은 고래들이
어느 날 허파를 뒤집어 미친 듯이 싸운들 그런 부력쯤
거뜬히 내몰 수 있는 바다라고 굳게 믿었습니다

별똥별 떨어뜨리고 몰락하는 별을 보았나요
나무와 나무가 부딪쳐 머리가 깨지는 새를 보았나요
비록 등 굽은 새우이지만 거친 심해를 떠돌며
척추가 곧은 수평선 쪽으로

짧은 꼬리를 치켜들곤 하였습니다

그러나 심장의 크기가 믿음의 무게는 아니듯

고래의 음모는 사흘 밤낮 계속되고

푸르고 넓은 바다가 그들 아랫도리에 휘감겨

피라미와 해초 사이를 오가던 우리의 등을 가차 없이 터트렸습니다

그때 보았지요 발끝에 매달린 목숨을

반역자처럼 내리치는 제왕의 손

우리는 초승달 모양으로 더욱더 등을 굳혔습니다

모를 테지요 검은 도포 자락 휘날리며

제아무리 물대포를 쏘아대도 눈 하나 깜짝 않고

그들 옆을 옹골차게 헤엄친다는 사실, 우리의 굽은 등엔

팽팽히 당겨 잡은 활시위가 숨어 있다는 사실

뻐끔뻐끔 아가미

현수막에서 파도 소리가 난다
고층의 선박들이 출항을 기다리는 아침

출렁이지 않으면 살 수 없는 곳에
태어난 자는 물고기가 된다
오늘 개업한 돌고래술집 앞
방파제를 쾅쾅 두드리는 앰프 소리
인어의 발목에 검은 지느러미를 매달고 있다

자멸하는 신호를 기점으로
눈알이 허옇게 분화되는 어류들
물결 따라 재빨리 휩쓸리지 않으면
벼랑 끝에 찍히는 화석의 죄를 받아야 한다
나를 밀치지 말아요, 당신의 구두가 무거워요
앰프 소리에 파묻혀
아가미는 지독한 독백이 되어간다

비정규로 헛도는 태양의 바퀴

사막 같은 바다를 짓이기고

물고기에게

건널목과 계단과 사다리는 동일한 것

사료를 뿌리듯 비라도 한바탕 쏟아져라, 외치는

농성의 물때들

거품은 물결에 철썩 달라붙어

죽을 힘 다해 소용돌이쳐도 거품이다

푸른 불, 푸른 불, 푸른 불

붉은 불, 붉은 불, 붉은 불

불빛을 주억거리다 까무룩 하는 물고기

핏발 선 초점이 난항이다

동업자

담벼락이 높을수록 몸은 유연해졌다 울어야 할 시간이 길어서 지루하다

어둠의 잔해에 묻혀 새는 보이지 않았다 그와 손잡고 믿음을 담보로 담장을 넘으려 한 적 있다 달의 손가락이 물컹거렸다 털에서 뼈가 튀어나오는 불상사는 없어야 하니까

그와 나는 쓰레기통을 뒤지다 친구가 되었다 악취를 사랑한 건 아니지만

몸속 깊이 동굴을 저장했다 뼈를 갈아서 털을 만들었다 처음부터 담대한 이야기로 배를 채우려던 건 아니다 벽을 넘기 위해선 어둠이 필요했으니까

담벼락은 높았고 유연성은 떨어졌으나 우리는 격려를 잊지 않았다 지붕마다 십자가를 세울 수 없으므로 절실한 기도로 수신호를 기다렸다 넝쿨 사이 달빛 스며들고 어둠이 한 꺼풀 벗겨지자 날렵해지기 시작했다

순간, 그의 팔목이 내 목을 내리치며 훌쩍 뛰어올랐다 우

주 저편으로 문서들이 날아가고 나는 뼈가 솟구침을 느꼈다 압사당한 그림자와 박제된 울분, 소용돌이치고 싶은 밤은 왜 더없이 고요한가 눈물의 맹세는 사막과 같아서 벽돌로 다스려도 무너지기만 했다

　지구는 쉼 없이 돌아가고 가시로 변한 털이 살점을 찔렀다 살랑살랑 꼬리 흔들며 사라진 저 유연의 바람

붉은 울타리

그대는 매우 자극적인 입술을 가졌다
밤낮으로 열렬히 꽃 피운다 나의 발목 위로

가시와 넝쿨을 흘려보낸다

내가 내 몸의 함성을 줄이고
눈알이 찔려 사지가 묶일 때까지
날개가 날개의 역할을 버리고 부동이 될 때까지

몽롱해진 눈동자 위로
단색의 혈을 들이붓는 그대

꽃병도 아닌 내게 붉은 봉오리를 담으려 한다
솜털도 아닌 내게 가시로 깊이 찌르려 한다

내 슬픔과 무관하게 봄이 온 것이다

그대 발언에 두 볼이 상기되고
꽃을 강요하는 가시에 심장이 찔렸다

나는 생명력을 흡수당한 사람
두 손이 묶인 채
그대 몫의 혈류를 찬양해야 하는 새

맹목적인 붉음이 싫습니다
지능적으로 찌르는 가시가 증오스러워요

가만히 있으라는 꽃의 명령
저항 없이 쓰러진 울음의 시체

목울대에서 시뻘건 저녁이 올라온다

나는 왜 처절한 숲에 묶여 있나
어떤 자세로 꽃의 횡포를 겪고 있나

무력이 판을 치는 영화에도
이런 참혹한 엑스트라는 없을 것이다

장미는 변이된 하이에나의 심장
물어뜯긴 갈비뼈 하나가 나를 대변할 뿐인
이 잔인한 꽃밭

비밀의 방

사각의 벽이 없다면 우리는
벌써 개가 되었을지도 모르지

원시의 동굴에서는 아버지와 딸,
누이와 동생
어머니와 삼촌이 알몸을 껴안고
개처럼 잠들었을지도 몰라

다행히 누군가 모서리를 세우고
벽지를 두르고 커튼을 쳐서
우리의 사생활은 보호받게 되었다

벽은 짐승과 인간을 구분 짓는 경계선
우리는 검은 털옷을 벗고
사각지대를 달려가는 종족

야성의 시간을 포효하며
개가 되지 않고 개처럼 뒹굴 수 있는 자유를 누렸다

이곳은 외부인이 없으므로

서로가 절실한 내부인

황홀경에 빠진 별 하나 만나기 위해
핥고, 할퀴고, 물어뜯고, 비비며
고독한 음부를 헤엄쳐 간다

절벽 끝에 서서 털을 말리는 늑대여
탄성만 지르던 모음의 귀두여
아무 일 없다는 듯 우리는
곧 자음을 엮어 명확하게 발음할 것이다
빌딩 안으로 걸어 들어가 회의록을 작성하고
내일의 물량을 점검할 것이다

벽 안에서 벌인 모든 접촉은
야성의 사랑이 나누었던 내밀한 각도
이것이 개와 개인의 차이

탄산수

유언장을 병 속에 꼬깃꼬깃 넣어
당신의 바다에 띄운 것이 아니다

섬은 우뚝 솟아 있고
섬은 귀를 막고 있고
섬은 쉽게 유리병을 내몰았다

우리는 모두 탄산을 품은 존재
무궁무진 기포를 내재한 물의 성분
유리병 밖으로 폭죽 터지듯
무소불능의 함성 내지를 위력이 있다

저 완강한 뚜껑을 향해
저 높디높은 팔뚝을 향해
우리의 꿈은 유언장이 아니라고
우리의 웃음은 시체가 아니라고
손톱을 세워 울부짖는다

기포 하나에 풋잠

기포 하나에 풋가지
기포 하나에 풋사랑
수많은 풋것을 유리병에 담은 채
얼마나 오래 문자를 읽었나
당신들이 지정한 공식을 외웠나

마음대로 부풀고
마음대로 치솟고 싶은 풋것의 열망
목젖 쏴하게 울어보지도 못하고
우리는 심해로 가라앉았다

엄마가 앞깃의 단추를 모조리 뜯어
망망대해 별처럼 던졌는데
당신은 수유를 가로막았다
무르팍이 깨져 빠져나갈 수도 없는데
서둘러 구조를 끝냈다

끼룩끼룩 우는 날것을 붙잡고
붉은 젖통을 물리는 엄마

외면의 물기둥에 수장되면서
그때 우리는 장난인 듯 깔깔깔 웃었다
병 속에 갇힌 순진무구한 기포였으니
문자로만 호소한 어린 불씨였으니

전봇대를 키우다

한쪽 다리 쩍 들어 올려 사정없이 질러댄다

저것은 전선을 키우려는 놈의 전략

수만 개 영역과 그늘을 독차지하려는 음모

화면 속 연인이 캔 맥주를 까는 동안

배설물을 흡입한 전봇대는 쉴 새 없이 전류를 가동시킨다

전극을 삽입한 네온관이 앞 다투어 돌아가고

광속의 전류가 고층을 질주하며 대기를 포섭한다

퓨즈 나간 새들이 암흑의 파장이라도 일으키면

놈은 필라멘트 끊어진 금속선 위로 어금니 악다물며 발광

한다 고압을 견디지 못한 사람들

결국 빌딩 아래로 추락했다

철탑에서 떨어진 불량 전자파

얼마나 많은 잎이 감전되어야 전봇대는 그루터기가 될까

위기만 갈기는 놈의 콩팥에 차단기를 내릴 수 없나

주식 현황을 분석한 뉴스에서 지린내가 올라온다

광장을 활보하며 전선을 독점하는 놈은

전봇대를 발견하는 족족 다리부터 들어 올린다

얼룩진 지도는 모두 놈의 짓이다

새들의 영토

1

유목민처럼 떠돌던 새가 나무에 걸터앉아
잎사귀에 뚫어진 푸른 채광으로 하늘을 노래했다

산속에서 먹이를 구하지 않아도
분홍 꽃잎과 흐드러진 버찌를 보며
두 날개 꽁무니 붙이고 경이로움을 표했다

지상에 가까운 조류로 서서히 날개를 퇴화시킨 무리들

부리 큰 새가 화살 같은 포물선을 그었다
나무 기둥에 국가명을 새겨놓고,
미동의 날갯짓에도 인적 사항을 요구했다

간혹, 초록을 갖지 못한 새들이 시위를 벌였지만
귀속된 날개를 함부로 내저을 수는 없었다

2

춘곤증에 사로잡힌 우두머리 새의
게슴츠레한 눈이 가지 위로 전송되었다

예고된 폭우가 잔인하게 내리치던 날
안식의 표상이던 꽃잎이 분분히 흩어졌다
한가로이 솟대에 걸터앉아 방관하던 새는
통신망도 없는 구조대를 찾았다

밧줄 같은 빗물에 꽁꽁 묶여
어린 새들이 사경을 헤매고 있을 때
부리 큰 새는 무엇을 지저귀고 있었나
수십 년 나무의 날을 살아온 날개는
어디를 휘젓고 있었나

그들은 물관부가 차단된 뿌리로 가지를 엮어
미비한 열매와 꽃을 거론하였다

새끼를 껴안고 우는 어미를
담벼락으로 내몰고 공론만 강구하였다

완강한 벽에 왼쪽 귀가 짓눌린 영토
반쪽 얼굴을 하고 반쪽만 꽃피운 국가

대책 없이 폭우는 쏟아지는데
출구를 차단시킨 경관은 서둘러 귀속 명령을 내렸다
버찌와 잎사귀로 그물망 쳐놓은
이 참담한 그늘로

벌집 우편함

고층 빌딩 뒤쪽 지하 별관
지적 장애 3급의 두 청년을 데리고
우편물 분류 작업장으로 취업 실습을 나간다
5 대 1의 경쟁률을 뚫고 온 엘리트여서
꿈에도 그리던 대기업 문서실을
힘주어 두드렸다

수백 개 우편함을 보는 순간,
감전된 얼굴로 눈동자만 굴리는 두 청년
재무전략팀, 비전지원팀, 정보기술팀, 그룹전략팀,
마케팅전략팀, 인사팀, 감사팀, 노사협력팀
끝없이 이어진 팀 앞에서
풍랑을 만난 쪽배 같다

우편물 이름과 같은 팀을 찾는 데 반 시간이 걸리고
영어 스펠링을 짚느라 눈망울이 송연하다
부서를 기재하지 않은 우편물을 조회하며
동명 2인, 동명 3인, 동명 5인의 화면이 뜨자,

망연자실하다

대기업으로 출근한다고 친구들과 파티까지 했는데
새 재킷과 헤어 젤로 한껏 멋 부리고 출근했는데

두 청년이 인사를 잘하면
인사팀에 가느냐고 묻는다
감사하는 마음으로 살면
감사팀에 가느냐고 묻는다
우편물을 찾으러 출입증을 매단 본사 직원이 들어오니,
자기들 가슴팍에도 그것을 매달아보고 싶다며
쇄골을 힘껏 내민다

재활용 쓰레기를 분리해야 하는데
분류된 택배를 부서별로 이송해야 하는데
별관 지하를 건너 대형 빌딩 본사로 가고 싶다는
스물다섯 살의 두 청년

하느님께 천 번쯤 감사 기도를 올려도
감사팀으로 갈 수 없다는 것을
수천 명의 직원에게 깍듯이 인사해도
절대 인사팀으로 갈 수 없다는 것을

여태 인사하고 감사한 너희가
왜 이곳 노동자로 살아야 하는지
나는 끝내 말하지 못했다

바다 정육점

바다의 육질이 갈고리 꿰여 철퍼덕 던져진다
갈매기 몇 마리 오돌 뼈에 걸터앉아 오돌오돌 섬을 쪼아
대는 동안,

수평선은 오른손에서 칼을 놓은 적이 없다

파도가 비계 덩이처럼 해역 밖으로 굴러떨어질 때
낯익은 얼굴 몇몇 껍데기에 들러붙어 하얗게 거품을 문다

당신과 함께 포효했던 지난날의 동작들이 잠시
파노라마로 스쳐 지나간다

이제 당신과 나는 별개다 뼈와 살을 맞추어
모의했던 심해의 날은 모두 형상에 불과하므로
우리는 잘 벼린 칼날 앞에서 살의 성분을 검열받는다

오늘은 육질에서 당신의 혀가 제외되고 토막 나는 날
절단된 아픔을 무엇으로 위로할 수 있을까

살점은 살점끼리 부대끼며 수없이 비계를 생산할 테지만

파도는 파도끼리 부딪치며 또다시 수포로 돌아갈 테지만
내 안에 있는 야성을 더는 죽이고 싶진 않다

상처를 완화해준 지방의 흡수력을
나는 구름이라 부르는 것으로 이 모든 상황을 위안했다

칼날이 숨겨진 초원을 멋모르고 뛰어든 누 떼처럼
지금 해안은 피로 얼룩진 살가죽이 안개를 뒤덮고 있다
살점을 파고들수록 블루홀 밖으로
깎여나가는 구름 떼

발목들

라인을 물고 쉴 새 없이 돌아가는 사각의 작업대 그 아래, 대량으로 빵을 삼키느라 악어처럼 입을 처벌린 불가마. 팔목들이 오븐 판에 자신의 손가락뼈를 정확히 내리꽂는 그 아래, 계란 물에서 빵으로 빵에서 계란 물로 동일한 색채를 반복하는 붓질 아래, 도화지 속 빵들이 칙칙폭폭 칙칙폭폭 끝없이 달려오고 눈 위에 눈이 내려 절대로 죽지 않는 히말라야 설경 그 지독한 유기체 아래

펄펄 끓는 주전자를 주세요. 흰색 유니폼을 녹이고 싶어요. 장애인이 토크 브란슈를 쓸 수 있다고 생각하세요? 염색체가 모자라는 우리는 일류 요리사의 모형들, 아무리 외쳐도 말할 줄 모르는 그림자. 오줌보 하나 터트리지 못하는 밥통들인데 제발 바지 내릴 시간을 주세요. 생식기 가득 찬 슬픔을 배출시켜야 해요. 도대체 얼마만큼 빚어야 32그램 반죽이 33그램이 되나요, 공장장님!

시간마다 천 개의 빵들이 살아나는 그 아래, 팥을 누르던 팔목들이 시커멓게 변질되는 그 아래, 빵을 뽑아내는 손가락

에 물집이 번져 이제 몽당연필을 잡을 수 없을지도 몰라. 무릎까지 첩첩 밑단을 걷어 올린 바지. 자신의 이름이 삐뚤빼뚤 적힌, 아름다운 자태로 한 번도 담장을 넘지 못한 그 아래, 유령 같은 실내화, 저 실내화들

뷔페의 뒤편

처음엔 달을 씻는 기분이었다
달, 달 무슨 달, 쟁반같이 둥근 달
신나게 노래도 불렀다

탑으로 쌓인 커피 잔이 우물 같아서
왕자님, 왕자님 어디 계세요?
멋진 남자가 불쑥 튀어나와 두 손을 잡아줄 거라 믿고
환히 보이는 바닥을 뱅글뱅글 닦았다

달인이나 되는 듯
포크와 나이프와 스푼과 젓가락을 한 바구니 담아
그것들을 분류하여 빛을 냈다

세상의 달이 이렇게 넓었던가
세상의 우물이 이렇게 깊었던가
세상의 입술이 이렇게 많았던가

달을 죽도록 닦아 달인이 되면 우물에서 왕자가 불쑥 튀어

나오고
　피자와 언어와 스테이크와 보랏빛 와인을 음미하며 살 줄
알았는데

　우리를 지배하는 저 위대하신 지배인은
　하늘에다 달을 생산하는 기계만 박아놓았는지
　수천 장의 달을 받아낸 달인에게
　은수저 한 쌍 내주지 않았다

　점심 특선, 저녁 특선, 특선의 전략으로
　행사 후 버려질 그것들을 눈부시게 전시하였다

　달에는 지구 반대편은 보이지 않고
　달에는 독식하는 별들로 두 눈이 번뜩이고
　달에는 미지의 것을 탐하는 탐험가로 넘쳐나고
　달에는 빛나는 정신도 완고한 신념도 없고

　도대체 이곳은 어디인가

날마다 요리되어 나오는 것은 무엇인가

먹어도 줄지 않는 포화의 날

죽여도 다시 태어나는 지독한 달

그만 버려야겠다. 금속성 수저를 문지르던 행주로

더는 보석 같은 상상을 하지 말아야겠다

왕자가 침몰한 우주를 덮으며

달의 노예가 되지 않기로 마음먹었다

미끄덩한 손에서

달이 굴러떨어졌다

야성과 청명을 향한 시적 의지

구모룡

1.

　조원의 시에서 서정적 화해(和諧)는 주된 지향이 아니다. 세계와 자아에 대한 불화를 서둘러 지우거나 성급하게 넘어서려 하지 않는다. 성실하게 자기를 표현하면서 사물과 진지하게 대면하려 한다. 이러한 과정에서 은유는 자아를 투사하고 사물의 진실에 다가가는 방법으로 쓰인다. 그 어떤 동일성을 구하기보다 상실과 단절, 고갈과 불모가 만연한 삶의 풍경을 드러내려 한다. 물론 조원의 시에서 조화로운 서정의 장면이 없는 것은 아니다. 가령 「콩벌레 지나가신다」, 「꽃의 입관식」, 「담쟁이넝쿨」, 「두 개의 입술」 등을 들 수 있다. 콩벌레의 행보(「콩벌레 지나가신다」)나 말라가는 꽃의 모습(「꽃의 입관식」)은 주위의 여러 사물들과 어울려 조화롭다. 담쟁이넝쿨도 이와 같아서 엮이고 엉키면서 벽을 타고 오르는 양태가, "한참을 휘감다 돌아설 그때도 곁에 있을 당신"(「담쟁이넝쿨」에서)이라는 마지막 구절이 말하듯이, 화자의 공감을 자아낸다. 모두 자연현상이며 이에 대한 시적 화자의 개입은 의인화를 통한 동조의 위치에 머문다.

> 바람이 나무에게 말하고 싶을 때
> 나무가 바람에게 말하고 싶을 때
> 서로의 입술을 포갠다
> 바람은 푸르고 멍든 잎사귀에 혀를 들이밀고
> 침 발라 새긴 말들을 핥아준다
> 때로는 울음도 문장이다
> 바람의 눈물을 받아 적느라
> 나무는 가지를 뻗어 하늘 맨 첫 장부터
> 마침표까지 숨죽여 찍는다
> 말귀를 알아듣는다는 건
> 상대의 혀를 움직여주는 것
> 소통은 바람과 나무가
> 한결 후련해지는 것!
>
> ─「두 개의 입술」전문

이 시에 방점을 찍는다면 단연 "소통"에 놓일 것이다. 시적 화자는 바람과 나무의 관계를 통하여 "말귀를 알아듣는다는 건/상대의 혀를 움직여주는 것/소통은 바람과 나무가/한결 후련해지는 것"이라는 의미를 도출한다. 이 과정에서 바람과 나무는 의도한 의미를 이끌어내기 위한 비유에 그치지 않고 시적 화자가 염원하는 관계의 양상으로 부각된다. 도입한 의인화의 방법이 화자가 대상을 일방으로 활용하는 방법으로 기울지 않고 사물의 현상에 공명하면서 그것을 하나의 지향으로 제시하는 데 이른다. 말할 것도 없이 이러한 지향이 조원의 시적 바탕이라고 말하긴 힘들다. 시인의 주된 시적 경향은 소통과 조화가 아니라 단절과 불화를 말하고 있기 때문이다. 어쩌면 앞서 몇 편에 나타난 서정의 지평은 시인을 추동하는 궁극의 지향일 가능성이 크다. 구체적 현실에서 뚜렷한 결여인 서정은 삶을 더욱 섬세하게 지각하는 요인으로 작동한다.

2.

조원이 시적 대상인 사물에 다가가는 방식은 은유와 투사(projection) 그리고 대화적 방법이라 할 수 있다. 은유를 통하여 시인은 자기표현을 확장한다. 자아의 감각과 느낌을 다른 사물에 기대어 전의함으로써 외부로 나아가는 시적 형태를 구현하는 것이다. 여기서 시인은 시적 대상을 자아를 싣는 도구로 한정하지 않는다. 다시 말해서 자아의 동일성으로 환원하는 은유를 반복하지 않는다. 앞서 말한 의인화도 그러하지만, 자아를 사물에 투사하는 방식이나 사물과 대화의 관계를 형성하려는 노력은, 자기표현을 통하여 자기를 극복하려는 의지의 실현이다. 시에 관한 시라고 할 수 있는 「B104호」는 시인의 삶과 시에 대한 입장을 매우 선연하게 표출한다.

> 병든 눈으로 엎드려 시집을 읽는다
> 지하는 슬픔을 여과시킬 창문이 없고,
> 차라리 벽뿐이어서 다행이다
> 가난은 시와 함께 무럭무럭 자라나 넝쿨을 친다
> 책에서 흘러나온 줄기 하나를 모서리에 걸쳐준다
>
> 여기저기 길을 찾는 여린 손
> 곧 절벽을 만날 것이고 수맥이 밀려올 것이다
> 그래도 타고 올라라, 벽 속에는 부장품으로
> 길고 넓은 창이 묻혀 있으니
>
> 그것은 잠들기 전 내가 파놓은 숨통일 것이다
> 지하는 지상을 얻지 못한 자들의 묘지
> 검은 파도에 눈동자가 휩쓸려간다
>
> 사각사각 필체를 펼치며
> 구구구 새들이 날아오르고
> 어둡고 습한 곳에서
> 지상의 이름을 빌려 쓰던 내게
> 엉망인 아침과 뒤바뀐 저녁이 와도

언어의 일출은 차오른다

검은 털 뭉치가 나뒹구는 동굴 속,
시집 한 권을 창문 삼아
꽃 피는 것 바라보다가
원시적 감각으로 문장을 전하고
비애에 젖는다

슬픈 것들이 울기 좋은 곳
눈물이 창으로 변천해왔다는 건 지하가 전해준
역사적 사실이어서
한 발 한 발 타고 오르며
거룩한 족적을 남기는 것이다

─「B104호」 전문

이 시의 전반부는 시 속의 주인공이 처한 암울한 정황을 말하고 있다. 그는 창문이 없고 벽뿐인 지하에서 병든 눈으로 시집을 읽는다. 슬픔을 여과할 수도 없는 절망적인 가난의 처지이다. 이 속에서 병과 가난을 위무하고 생성하는 것은 시뿐이다. 시의 여린 줄기가 자라나 벽 속에 숨어 있는 창을 찾고 길을 열 것이라 생각하기 때문이다. 과연 이 시에서 시는 "잠들기 전 내가 파놓은 숨통"과 같다. "지상을 얻지 못하는 자들의 묘지"와 같은 지하에서 창을 만들고 길을 내는 역설의 씨앗이 시인 것이다. 이 시가 말하듯이 시인은 시를 생성의 열매로 인식한다. 폐

색된 지하와 같은 현실에서 시를 매개로 구원의 빛을 얻고자 하는 것이다. 전반부와 달리 후반부는 놀라운 전환을 보인다. 무엇보다 시를 읽던 주인공이 시를 쓰는 사람으로 바뀐 것을 주목할 수 있다. 이제 주인공은 어둡고 습한 지하에서 지상의 이름을 빌려 시를 쓴다. "엉망인 아침과 저녁이 와도/언어의 일출"이 차오르는 경이로운 경험은 존재의 변전을 가져온다. 그러니까 시 속의 주인공은 "검은 털 뭉치가 나뒹구는 동굴 속,/시집한 권을 창문 삼아/꽃 피는 것 바라보다가/원시적 감각으로 문장을" 생성하는 주체로 거듭난다. 여기서 원시적 감각이란 무엇일까? 그것은 생명의 생성하는 에너지와 무관하지 않을 것이다. 살아 있는 존재의 비애를 껴안고 소외와 억압을 뚫고 외부로 나아가는 의지일 것이다.

시인에게 은유는 사물과 대화하면서 다른 세계를 꿈꾸는 과정에서 필수적이다. 시를 구성하는 기본 요소로 은유와 리듬을 드는 것은 시인이 은유로 인식하고 자기만의 리듬을 가진 시의 형태를 형성한다는 의미이다. 조원도 이러한 은유의 시학적 원리에 충실하다. 예를 들어 「포도 가족사」는 가난한 한 가족의 삶과 포도의 생태를 연결한다. "어제는 창가에 앉은 새를 찾다가/넝쿨만 잔뜩 그렸지요/우리도 드넓은 곳으로 노출되고 싶어요"라는 대목이 압권인 이 시는 포도를 매개로 어떤 가난한 가족사를 순진한 어조로 전달한다. 「껌, 나비」의 은유는 좀 더 복잡하다. "껌"이 관능적인 "나비"로 전이되고 마침내 내뱉어지면서

"걸레"로 비유되다 "사랑의 형틀"로 귀착한다. 이렇게 하여 이 시는 오늘날의 "사랑"에 대한 풍자를 함축한다. "걸레처럼 내뱉어진 길바닥에/사랑의 형틀이 발견되었다." 은유의 묘미를 잘 인식하고 있고 그것을 다루는 솜씨 또한 유능하다. 은유를 병치함으로써 의미를 증폭하는 형태는 「박하와 나프탈렌」에서 매우 적합하게 드러난다.

창밖으로 쏴 하게 비가 내리고 한철 입었던 블라우스를 개비며
서랍 안쪽에 놓인 백옥의 나프탈렌을 만져보았다

봄비가 우아하게 땅을 녹여 먹듯 독약 처분이 내려진 사랑을
아무렇지 않게 녹여 먹고 싶었다 결코 박하가 될 수 없는 눈부신 독소들
그만 혀끝에 인광이 맺히고 말아,

쓸쓸한 사랑의 모형을
돌 틈에 끼인 가자미눈으로 쳐다보는데
첫사랑 박하 향은 옷장에 머무를 수 없고
투명한 표정의 그림자만 서랍에 누워 맹독의 눈물을 흘렸다

꽃의 조형만으론 입안을 달콤하게 채울 수 없나,

두 볼 가득 깨문 채 잠들어도
도무지 무해한 꿈결 같은 혼돈의 결정체 아래,
순한 눈동자와 냉혹한 입술이 덧칠되었다

박하와 나프탈렌 사이 끝없이 비는 내리고
눈물은 혀끝에 엎어져 내내 입술을 달싹거렸다
　　　　　　　　　　　　　——「박하와 나프탈렌」 전문

　일상의 사소한 사건에서 사랑의 상실을 떠올린 이야기이다. 박하의 향기가 사라지고 나프탈렌의 맹독성만 남겨진 현실에 대한 자각이 시적 발단이다. 앞서 설명한 「껌, 나비」와 흡사하게 진정한 사랑의 불가능성이나 사랑의 상실을 전언한다. 이와 같은 시의 계보에 「벌, 돌아오다」가 있다. 불모의 시간을 보낸 "꽃"이 "천지 없이 쏘다닌 혀끝에는 바람의 흔적만 묻어" 다시 찾아 돌아온 "벌"을 맞는 장면을 통해, 고갈된 사랑을 "혼신의 키스에도 꽃잎은 젖지 않았다"라고 표현하고 있다. 예를 든 몇 편의 시에서 알 수 있듯이 시인은 은유로써 화해와 동일성을 말하려 하지 않는다. 그보다 가난과 상실과 고갈을 이야기한다. 그만큼 서정적 추상으로 도피하지 않고 현실의 구체적인 신체에 직면하고 있는 것이다. 시인의 시적 의지는 "지하"처럼 어두운 실재를 두려워하지 않는다. 시를 통하여 희망을 도금하거나 가짜 위안을 삼으려 하지 않는다. "박하와 나프탈렌 사이"에서 나프탈렌의 맹독을 연단의 계기로 삼겠다는 것이다. 「프로타주」

에서 시적 화자는 "바다가 첩첩 절벽까지 몸을 싣고 와/머리를 세차게 부딪치는 건/한 점 물방울을 만나기 위해서죠"라고 말한다. 앞서 「B104호」를 통하여 만난 의지적 자아의 반복이다. 「프로타주」는 이어서 "흑연에 휘갈긴 세월 속/암각화로 남은 굴곡들이/아무것도 아닌 그림일 때까지/내가 세운 섬들을 모조리 뭉개버려요"라고 진술한다. 정직하게 자기를 대면하면서 자신의 진면을 표현하겠다는 천명으로 읽어도 될 것이다.

3.

은유의 확장과 더불어 투사는 조원의 시가 선호하는 방법 가운데 하나이다. 투사는 대상에 시적 자아의 의미를 부여하여 자아를 되비춘다. 의인화가 투사에 기입되는 것은 투사가 자기표현의 과정이기 때문이다. 가령 「엘리베이터」는 "내 방의 유일한 창문은/가구도 되고 액자도 되고/안개도 되고 구멍도 되는 거울/그 속에는/죽은 꽃, 죽은 나비가 어리어 있다/비가 온다"라고 "엘리베이터"가 화자가 되어 진술한다. 시 밖의 시인의 태도가 화자의 목소리 속에 투사되어 있다. 이러한 방법을 통하여 시인은 덧없고 일시적이며 환영들로 채워졌다 비워지는 "엘리베이터"라는 공간에 자신의 내면을 이입한다. 「물방울」도 이와 같아서 고갈의 불안이 투사되어 있다. 의인화된 「기타가 버려진 골목」은 버려진 기타를 바라보고 말하는 화자의 시점과 어조를 통하여 시인의 입장을 전달한다.

　　　진눈깨비 내리는 골목
　　　깡마른 철문 아래 그녀, 덩그러니 앉았다

　　　울림구멍 휘돌아
　　　환하게 퍼지던 목소리
　　　어디에서 끊어졌나, 생의 테두리가 뭉개진 듯
　　　귓가는 물먹은 판자처럼 먹먹하고
　　　어느새 얼굴에도 나뭇결이 깊다

　　　기억 속 줄감개를 조여 허공을 탄주하던 바람과
　　　헌 옷가지에 비닐을 덧댄 창문으로
　　　종종거리며 달려오는 진눈깨비, 저 허깨비들
　　　공명으로 잡지 못한 시간을 새하얗게 덮고 있다

　　　텅 빈 젖무덤 자리
　　　적빈의 쥐꼬리만 드나들고
　　　　　　　　　　　　　　　—「기타가 버려진 골목」 전문

　　제목과 달리 시적 화자의 시선은 버려진 기타를 응시하고 있다. 기타를 여성으로 의인화한 것은 시인의 의도이다. "환하게 퍼지던 목소리"를 잃고 "진눈깨비 내리는 골목"에 버려진 기타를 통해 "공명으로 잡지 못한 시간"을 보낸 화자의 삶을 반추하는 것이다. 시인은 사물에 대한 투사를 통하여 내면에 자리한 환영과 고갈, 불모와 공허를 표현한다. 이러한 자기표현은 단순한 고백과 다르다. 사물과 세계를 표현의 자리로 옮겨옴으로써 대상 위주의 메마른 재현을 소격하고 돌파한다. 투사가 대화법으로 이어지는 까닭이 여기에 있다. 조원의 시에서 나–너의 문법 혹은 나–당신의 문법은 매우 빈번하다. 그만큼 자아의 성채에 갇혀 있지 않고 세계내존재로서 실존적 기투의 태도를 견지하려 한 것이다. 시인의 이러한 입장은 「계란의 법칙」에 직절하게 잘 표명되어 있다.

> 한쪽이 다른 한쪽을 위해
> 스스로 깨져주는 계란의 법칙
>
> 꽃과 꽃 사이, 나비와 나비 사이, 풀과 풀 사이
> 노란 민들레로 피어난 알의 몸이 뜨겁다
> 누군가 맨몸뚱이로 나를 깨뜨리고자 한다면
> 기꺼이 알몸으로 투항할 것이다
>
> ─「계란의 법칙」 부분

"한쪽이 다른 한쪽을 위해/스스로 깨져주는 계란의 법칙". 사물과 타자에게 다가가는 시인의 자세를 나타내는 법칙이 아닌가. 화자의 말을 빌려 시인은 이 법칙에 입각하여 사물과 대면

할 것이라고 한다. 「거리가 맺은 열매」에서 '나'와 '당신'은 은행나무 아래서 새로운 관계를 약속한다. "봉분 세우듯/우르르 잎사귀 퍼붓던 날, 잘 익은 알맹이로/코 막고 입 막은 채 아무 죄 없이 살다 가자고/딱 그만큼의 거리에서 당신과 나/염하듯, 사랑하듯" 살자는 것이다. 부패와 생성, 삶과 죽음의 이치를 깨우친 거리의 미학이라 하겠다. 이와 달리 「분홍빛 허그」는 "평생 시들 것 같지 않은 얼굴로/한 겹씩 친분을 둘러싼 당신과 나/둥글게 부푼 의문들"이라고 진술한다. 관계에 스며드는 위장과 허위를 의심하는 태도의 표출이다. 「수족관 수마트라」와 「태양은 노른자가 되고 싶다」는 사물들에 시인의 입장을 투사하는 방식으로 나−당신의 관계라는 문법을 변주한다. 수족관 속의 수마트라들의 공허하고 갇힌 비애를 나−당신 그리고 우리의 정동으로 증폭하거나 지구와 태양의 비대칭성을 삶에 유비하고 있는 것이다. 신호등을 관계의 문제로 서술한 「깜박거린다」가 나와 당신의 존재를 통하여 죽음과 삶을 사유한다면 「고부조 전면 여인상」은 "고부조 전면 여인상"을 화자로 내세워 피할 수 없는 거리나 소통의 곤경을 진술한다. 이처럼 시인은 나−너 혹은 나−당신의 발화를 활용하여 "영원히 낯선 나"라는 존재의 고립과 단절을 이겨내려 한다. 하지만 이러한 시인의 태도가 그 어떤 형태의 낙관주의를 의미하는 것은 아니다. 이미 앞에서 살펴보았듯이 시인이 바라보는 세계는 억압과 부패, 환영과 허위로 둘러쳐져 화해와 진실에 이르는 수직적 초월이 불가능한 상황이다. 단적으로 시인은 "학교"를 "채마밭 널브러진 고구마 줄기를/한 묶음 엮어 시장에 내다 팔았다"(「학교」)라고 표현하고 있다. 「그의 자기력」이 암시하듯이 우리는 제도와 이데올로기의 자장 속에서 자력에 이끌리기 쉬운 약한 존재라는 것이다.

> 그렇다 운행이란
> 철의 성분을 가진 자들이 다 같이 공감하거나
> 통용될 수 있는 움직임으로
> 철칙에 따라 회전하는 것
>
> 자석은 양극을 벗어난 철새들에게
> 철의 새로 날아올 때까지
> 허공에 묘비를 세우게 했다
>
> 믿어지진 않지만
> 우리는 커다란 고철로 보이기 위해
> 어떻게든 중앙에 밀착했다
> 추락을 막아줄 자력이 필요했으니까
> 사열 병사가 되어야 했으니까
>
> ──「그의 자기력」 부분

그러나 시인의 입장은 이러한 자력으로부터 벗어나 진정한 자아를 찾으려는 데 있다. 「바다 정육점」에서 시적 화자는 "내 안에 있는 야성을 더는 죽이고 싶진 않다"고 말한다. 또한 「비밀의 방」은 "야성의 시간을 포효하며/개가 되지 않고 개처럼 뒹굴 수 있는 자유"에 대하여 진술한다. 삶은 고갈되고 죽임이 만연한 세계로부터 시인의 의지는 야성의 회복을 꿈꾼다. "삶의 직조법만 익힌 거미여, 벌레가 완공하려는 건/뒷면을 넘나들며 거침없이 살고 싶은 눈동자/단면의 올가미 거둬내고 광활한 세상으로 넘어가는 것이다."(「벌레의 시공법」에서) 이러한 구절이 말하듯이 시인의 시적 수행이 하나의 지향으로 "야생의 문장"(「고양이」에서)을 획득하는 과정을 의도하고 있는 것으로 볼 수 있을 것이다.

> 그대는 매우 자극적인 입술을 가졌다
> 밤낮으로 열렬히 꽃 피운다 나의 발목 위로
>
> 가시와 넝쿨을 흘려보낸다
>
> 내가 내 몸의 함성을 줄이고
> 눈알이 찔려 사지가 묶일 때까지
> 날개가 날개의 역할을 버리고 부동이 될 때까지
>
> 몽롱해진 눈동자 위로
> 단색의 혈을 들이붓는 그대
>
> 꽃병도 아닌 내게 붉은 봉오리를 담으려 한다
> 솜털도 아닌 내게 가시로 깊이 찌르려 한다

162

내 슬픔과 무관하게 봄이 온 것이다

그대 발언에 두 볼이 상기되고
꽃을 강요하는 가시에 심장이 찔렸다

나는 생명력을 흡수당한 사람 두 손이 묶인 채
그대 몫의 혈류를 찬양해야 하는 새

맹목적인 붉음이 싫습니다
지능적으로 찌르는 가시가 증오스러워요

가만히 있으라는 꽃의 명령
저항 없이 쓰러진 울음의 시체

목울대에서 시뻘건 저녁이 올라온다

나는 왜 처절한 숲에 묶여 있나
어떤 자세로 꽃의 횡포를 겪고 있나

무력이 판을 치는 영화에도
이런 참혹한 엑스트라는 없을 것이다

장미는 변이된 하이에나의 심장
물어뜯긴 갈비뼈 하나가 나를 대변할 뿐인
이 잔인한 꽃밭

—「붉은 울타리」 전문

조원의 시에서 「뱀들에게」와 더불어 빼어난 절창이 아닌가 한다. 「뱀들에게」에서 "내 안의 내가 온전히 태어나기 전부터/폭설을 퍼붓기 시작한 그대에게/나는 청각의 자유를 잃었다/내가 그대를 삼킨 것이 아니라/그대가 나를 집어삼킨 것"이라는 구절이 나온다. 비상과 초월이 좌절된 자아의 심경이 곡진하다. 마찬가지로 인용한 「붉은 울타리」도 "그대"로 지칭되는 대타자에 압도된 "나"의 처절한 처지에 의문을 던진다. 「뱀들에게」에서의 "그대"가 "나"의 귀를 병들게 하였다면 「붉은 울타리」에서 "그대"는 "나"의 모든 생명력을 흡수한다. 이처럼 대타자가 압도하는 정황에서, 그럼에도, 시적 화자는 "멈춰라, 내 귀는 충분히 병들었다"(「뱀들에게」에서)라고 인식하거나 "나는 왜 처절한 숲에 묶여 있나/어떤 자세로 꽃의 횡포를 겪고 있나"라고 질문을 던진다. 이러한 자기 인식은 곧 시적 주체를 탄생시킨다. 시인에게 야성이나 야생의 언어는 직접적으로 주어지는 것이 아니다. 그것은 텅 빈 구멍처럼 공허하거나 죽음처럼 검은 공간이다. 설혹 "참혹한 엑스트라"(「붉은 울타리」에서)나 "끝내 봄을 못 듣고 떠난 사람"(「뱀들에게」에서)으로 인식되더라도 야성의 의지가 잔존한다면 청명의 공간은 열리는 것이다. 「판화에 대한 상식」에서 시적 화자는 "누구도 귀를 보태지 않는 웅성대던 잡음 따위/티끌 한 점 없이 지구 밖으로 파버린다"라고 단언한다. 또한 「새들의 이입」은 "여기저기 파열된 나무 사이로/이 모든 잡음을 불어 넣는다/귀를 열면 그들의 청명을 들을 수 있다"

라고 진술한다. 야성과 청명을 향한 시인의 시적 의지를 느끼게 하는 대목들이다.

어쩌면 이 타원의 항아리는 영원히 깨지지 않을지도 모른다. 소년은 태어나서 항아리를 벗어난 적이 없다. 풍랑에 꼬리가 휘감긴 외로운 고래 같다. 몸통 가득 시멘트를 채우고 마지막 남은 십 프로 눈물을 간간이 뒤섞으며 짐승의 몸을 이어가는 고래. 얼마를 돌려야 저 거대한 항아리가 깨어지나. 바람도 아닌 것이, 구름도 아닌 것이 서커스단 낮은 단상에서 끊임없이 유영한다.

때로 유기체들이 직선의 꼭짓점을 만들기도 하지. 허공에 정착하려면 일정한 속도로 회전하는 기술부터 습득해야 한다. 모래 속에 감춰진 눈물이 뻑뻑한 고체로 자랄 수 있게 위태한 모션 안에서 수평을 잡는다. 애초 불안(不安)과 부동(浮動)이 한 몸인 것처럼 소년의 회전 방식도 어느 한 지점에 멈출 것이다. 사물과 사물의 결합재로 시공될 푸른 아킬레스건, 타원의 결함을 직사각이 보완하듯 소년은 자라면서 한 장의 벽돌로 압축된다.

—「슬픈 레미콘」 전문

시집의 표제시인 「슬픈 레미콘」은 시적 역설을 담고 있다. 시 속의 주인공인 "소년"의 운명은 어찌 될까? 서커스 단원으로 슬픈 곡예를 반복할까? 한 장의 압축된 "벽돌"이 된다는 것은 또

한 어떤 의미일까? "사물과 사물의 결합재로 시공될 푸른 아킬레스건"이라는 역설을 어떻게 해석할 것인가? 조원의 시는 한편으로 존재의 조건을 비애로 인식하는 구체성을 담보하면서 다른 한편으로 그 슬픔을 딛고 생성하는 의지를 표출하려는 열정으로 요동한다. 마치 이 시에 등장하는 "소년"처럼 현실의 모순을 껴안고 단단한 시적 언어를 부화하려 하는 것이다. 그 충일한 과정을 주목하지 않을 수 없다. 무엇보다 시적 언어가 구체적인 것을 높이 사야 할 것이다. 이미 제시한 지향들을 더 높은 성취로 이끄는 것은 이제 모두 시인의 몫이다.

具謨龍 | 문학평론가 · 한국해양대 교수

푸른사상 시선 70

슬픈 레미콘

조 원 시집